南 英男

邪欲 裁き屋稼業

実業之日本社

実業之日本社文庫

目次

邪欲　裁き屋稼業

第一章　社会派ライターの失踪

1

指輪の交換が終わった。

ステージにスポットライトが灯る。新郎と新婦の姿がくっきりと浮かび上がった。どちらも洋装だった。

レストランシップ『スージー号』の宴会ホールである。

成瀬和樹はホールの片隅にいた。八月下旬のある夜だ。数十分前に竹芝桟橋を出航した九百トンの湾岸巡航船は、横浜沖を微速で航行中だった。

居住区の端にある宴会場では、洒落た船上結婚式が挙げられていた。

神前式でも仏前式でもなかった。牧師の姿もない。司会者がユーモラスに式次第を進め、そのまま結婚披露宴に移る段取りになっていた。披露宴といっても、立食形式である。

司会者に促され、新郎と新婦が熱いくちづけを交わした。

長いキスだった。拍手が鳴り響き、指笛も聞こえた。およそ八十人の列席者は寛いだ様子だった。

成瀬は情熱的なキスシーンを目にして、複雑な気持ちになった。

新婦の及川響子は、かつての同棲相手だった。成瀬は去年の夏まで世田谷区内にある響子のマンションに居候していた。ヒモに近い存在だった。成瀬は毎月、十万円の小遣いを貰っていた。響子は恩人でもあった。

三十九歳の成瀬は、およそ五年前まで売れっ子のスタントマンだった。

出演した劇場映画やVシネマの数は六十本を超えている。出演料も悪くなかった。準主役クラス待遇だった。名の売れた女優たちとも浮名を流してきた。香港女優の豪邸に泊まったこともある。

しかし、順風満帆の日々は長くはつづかなかった。

成瀬の人生は三十四歳の秋に暗転した。ある日、功名心から危険なカースタントに敢えて挑んだ。

それなりの勝算はあったのだが、結果は失敗に終わった。成瀬は腰と大腿部の骨を折り、左腕にも裂傷を負ってしまった。全治三カ月の重傷だった。

退院後は、健康そのものだ。

学生時代から空手で鍛え上げた筋肉質の体躯は逞しい。だが、腕の生々しい傷痕は消えなかった。

泳ぐシーンの代役をこなせなくなったスタントマンには、その種の仕事は回ってこなくなった。そればかりではない。次第にカースタントやバイクスタントの依頼も減り、やがて廃業に追い込まれた。

ショックだった。しばらく酒浸りの日々がつづいた。

しかし、ただのヒモには成り下がりたくない。成瀬は着ぐるみ役者に転じた。だが、現実は甘くなかった。怪獣映画の出演依頼は年に一度あるかないかだった。

もっぱら成瀬は、デパートや遊園地のアトラクションで動物の着ぐるみを被っていた。道化役や敵役が多かった。保育園や幼稚園も巡った。

それでも、年収は二百万円に満たなかった。典型的なワーキングプアである。

自分の口も糊することができない。実に情けなかった。惨めでもあった。

一つ年上の響子は元ジャズダンサーで、下北沢でジャズダンス教室を主宰している。

成瀬よりも、はるかに稼ぎはよかった。

成瀬は毎月、響子から小遣いを貰っていた。食費、家賃、光熱費の一部すら負担できなかった。

小遣いを貰うたびに、成瀬は自分の腑甲斐無さに腹が立った。つい卑屈な笑みを浮かべてしまう自分自身を醜いとも思った。

その屈辱感を発条にして、いつの日かスタントマンとして再起したかった。それまで辛抱し、スーツタレントをつづける気でいた。

だが、誤算が生じた。若い映画監督と仕事のことで対立し、自ら怪獣役を降りてしまったのだ。

響子は成瀬がスタントマンに復帰できる日をひたすら願って、支えつづけてくれていた。彼女は成瀬が子供じみたプライドから自分の手で夢を潰してしまったことに対して、ひどく憤った。それだけ落胆したのだろう。響子は説教じみたことを口にし、詰りもした。

そのことで、二人の間に深い溝が生まれた。諍いの果て、成瀬は衝動的に響子の部屋を飛び出した。

所持金は少なかった。安いホテルに泊まることもできない。

成瀬は飲み友達の磯村暁の厚意に甘え、彼のマンションに転がり込んだ。またぞろ居候暮らしだった。

七十三歳の磯村は、雑誌編集者崩れの元ゴーストライターである。

二年ほど前までは、引っぱりだこのライターだった。磯村は芸能人やプロのスポーツ選手の自叙伝の代筆を精力的にこなし、年収四、五千万円も稼いでいた。

しかし、思いがけないことで足を掬われることになる。

AV女優上がりのテレビタレントの告白本で筆禍事件を引き起こし、出版業界から干されてしまったのだ。いま現在は、代筆の仕事はしていない。

磯村は売れない小説家でもあった。

雑誌社勤務時代にある小説誌の新人賞を受けたものの、その後は数編の短編小説が活字になったきりだ。寝食を忘れて書き上げた三編の長編小説は未だ出版されていない。

全共闘世代の磯村は髪こそ半白になったが、その精神は若々しかった。いつも理不尽な事柄に怒り、何かに熱くなっている。まるで青年のように初々しい。

磯村には離婚歴がある。二十年あまり前に妻子を棄て、代筆の仕事で知り合ったアイドル歌手と駆け落ちしたのだ。

だが、二人の同棲生活は一年弱で破局を迎えた。大きな年齢差が障害になったようで、相手の女性は人気作曲家の許に走ってしまった。それ以来、磯村は下北沢の賃貸マンションで独り暮らしをしている。

無職になった成瀬は磯村と男の復権を賭け、人生逆転の勝負に打って出ることを誓い合った。元刑事の交渉人の下請け仕事を引き受けたとき、欲に取り憑かれた悪人どもの謀が透けて見えた。

二人は陰謀を暴き、闇の奥から首謀者を引きずり出した。私的に裁く気になったのである。といっても、青臭い正義感に衝き動かされたわけではない。

狡猾な悪人どもを這いつくばらせ、下剋上の歓びを味わいたくなったわけだ。権力や財力を持つ者を嬲ることは愉しい。

成瀬たちは黒幕を痛めつけて、三億円の口止め料を脅し取った。どうせ汚れた裏金である。罪悪感は少しも覚えなかった。二人は味をしめ、アウトローとして人生の決着をつけることを約束し合った。

成瀬は山分けした一億五千万円で中目黒にある中古マンションを購入し、ジャガーFタイプも手に入れた。八千数百万円の現金が手許に残ったが、わずか半年で遣い果たしてしまった。

成瀬は磯村と夜な夜な銀座の超高級クラブに通い、各地の温泉地でも放蕩に耽った。

気に入った芸者やお座敷コンパニオンがいれば、数十万円のチップを惜しみなく振る舞った。成金と思われただろう。

ラスベガスや韓国のカジノにもちょくちょく出かけ、ルーレットやバカラに大金を注ぎ込んだ。諺通り、悪銭は身につかなかった。

成瀬たちはこの二月にも大量殺人のシナリオを練った親玉を追いつめ、十五億円の口止め料を脅し取ろうとした。

しかし、その大悪党は強かだった。成瀬たちを欺き、逆に口を封じることを画策していた。成瀬は相手の卑劣さが赦せなくなった。怒りを込めて、黒幕の顔面を銃弾で撃ち砕いた。結局、参謀格の男から八千万円しか毟り取れなかった。

二人は四千万円ずつ分けた。その金も、ほとんど残っていない。

ウェイターが近づいてきた。

銀盆には、シャンパングラスが幾つも載っている。成瀬はグラスの一つを摑み上げた。中身はドン・ペリニヨンの白だろう。

いつの間にか、新郎と新婦はステージの中央に並んで立っていた。それぞれシャンパングラスを手にしている。

小劇場系演劇集団の主宰者が乾杯の音頭を取った。四十三、四歳の男だった。

列席者たちは思い思いにグラスを高く翳し、シャンパンを飲んだ。成瀬もグラスを口に運んだ。やはり、ドン・ペリニヨンの白だった。

司会者が立食パーティーに移ることを告げ、ステージの袖に消えた。

新婚カップルが挨拶に回りはじめた。退屈なスピーチは一切なかった。気の利いた結婚式だ。

成瀬はシャンパンを飲み干し、セブンスターに火を点けた。

依然として、気持ちは微妙だった。新郎の辻涼太は着ぐるみ役者時代の仲間である。三つ年下の彼は、二十代の後半まで名のあるミュージカル劇団の準団員だった。しかし、なかなか正団員にはなれなかった。

そんなことで、辻はやむなくスーツタレントになったのである。だが、彼も怪獣映画の若手監督と衝突し、着ぐるみ役者を辞めざるを得なくなった。その後、しばらく新潟県で知人の有機農法による稲作の手伝いをしていた。

そのころ、響子はしばしば旧知の辻に電話をかけていたらしい。成瀬と別れたことで、心寂しかったのだろう。

それがきっかけで響子は辻と遠距離恋愛をしてから、春先に同棲生活に入った。辻は小劇場系の演劇集団に所属し、本格的に舞台俳優をめざしている。

二人を祝福しているくせに、この寂しさは何なのか。

成瀬は煙草を深く喫いつけ、密かに自問した。強がりではなく、響子に未練はない。世話になったことには感謝しているが、恋愛感情はすっかり萎んでしまった。弟のように接してきた辻にも、別にジェラシーめいたものは感じていない。母性本能の強い響子と少し頼りない辻との相性は決して悪くないだろう。辻は響子の励ましを受け、いつか舞台俳優として大きく羽ばたくにちがいない。

そうなることを成瀬は心から願っている。かつての同棲相手が辻と幸せな日々を過ごすことを祈る気持ちにも偽りはなかった。

それでいながら、自分だけが取り残されたような寂寥感が胸を嚙む。本気でアナーキーな生き方を選び取ったつもりだが、その実、自分は平凡で安穏とした暮らしを望んでいるのだろうか。

だとしたら、いまの自分は中途半端でみっともない。

成瀬は自嘲し、テーブルの灰皿に短くなった煙草を捩りつけた。火が消えたとき、響子と辻が歩み寄ってきた。

「おめでとう！」

成瀬は新婚カップルを等分に見ながら、明るく話しかけた。先に口を開いたのは辻のほうだった。

「もしかしたら、成瀬さんは来てくれないんじゃないかと思ってたんですよ。だから、すごく嬉しいな」

「そうか。辻、響子、いや、響子さんの期待を裏切るなよ。おまえが挫折したら、半殺しにするぞ」

「おれ、今度こそ夢をこの手で摑みますよ」

「頑張れよな」

「はい。そうだ、お祝いをあんなにたくさん貰っちゃってすみません。五十万円も入ってたんで、びっくりしました」

「響子さんには、さんざん迷惑かけたからな。そのときのお詫びというか、恩返しの気持ちも含んでるんだ」

「そうですか。人事に遣わせてもらいます。ところで、成瀬さんの仕事は順調なんですか？」

「それなりに稼がせてもらってるよ」

成瀬は笑顔で答えた。辻が安堵した様子で、響子に顔を向ける。

「おれ、先に芝居仲間たちに挨拶してくるね」

「わかったわ」

「成瀬さんと積もる話もあるだろうから、しばらくここにいなよ」

「涼ちゃん、おかしな気は遣わないで」

響子がそう言い、辻を甘く睨んだ。辻が曖昧に笑って、ゆっくりと遠ざかっていった。

「きょうは来てくれて、本当にありがとう。とても嬉しいわ」

「幸せになれよ」

「ええ。なんだか成瀬さん、ひと回り大きくなった感じね」

「成瀬さんか」

「あっ、ごめん！　感じ悪かった？」

「いや、いいんだ。気にしないでくれ。話題を変えようか」

「そうね。マンション、引っ越すことにしたの。ジャズ教室に歩いて通えるマンションを借りたのよ。そのほうが何かと経済的でしょ？」

「そうだな。ついでに、家具もそっくり替えるんだね。全部は無理でも、ベッドは絶対に新調したほうがいいよ」

思わず成瀬は口走ってしまった。

「そういう突っかかり方、以前とちっとも変わってないわね」

「悪かった、謝るよ。別に厭味を言うつもりはなかったんだが……」

「ええ、わかってるわ。参考までに教えておくけど、古いダブルベッドはとっくに処分済みよ」

「そうだったのか」

「女はね、リアリストなの。男性みたいに過去をずっと引きずったりしないのよ」

「そうなんだろうな」

「お勉強は、これくらいにしましょう。新しい彼女、できた？」

響子が訊いた。拘りのない口調だった。

「食品会社に勤めてる娘と二月に知り合って、デートを重ねたんだが、数カ月でジ・エンドになってしまった」

「線香花火みたいな恋だったのね。また、どうしてたったの数カ月で駄目になってしまったの？」

「その娘に言わせると、おれは人生を半分降りてるようで、なんとなく怕いらしいんだ。いい勘してるよ。確かに、こっちは開き直って生きてるからな」

「ある種の凄みが出てきたわ、以前と較べると」

「おれは便利屋みたいなことをやってるが、別に人生を投げたわけじゃない。自分らしく生きようと思ってるだけなんだ」

「そうなんでしょうね。お金回りがよくなったみたいだけど、手が後ろに回るようなことだけはしないほうがいいわよ」

「わかってるって」

「なら、いいの。もう何も言わないわ」

二人の間に、短い沈黙が落ちた。成瀬は何か息苦しくなって、早口で問いかけた。

「なぜ、辻と急に結婚する気になったのかな？」

「涼ちゃん、あなたには話さなかったのね。話しにくかったのね、きっと」

「妊娠してるんだな？」

「ええ、そうなの。いま、三カ月半よ。初産(ういざん)年齢ぎりぎりよね。だから、ちゃんと結婚しようと思ったの。産(う)まれてくる子のために」

「辻は、ただの種馬(たねうま)だったのか？」

「そうじゃないわ。涼ちゃんのことは好きよ。少し物足りないところもあるけど、ベストな伴侶(はんりょ)だと思ってる」

「そうか。子育ては大変だろうが、辻の突っかい棒にもなってやれよ。あいつ、割に脆(もろ)いからさ」

「大丈夫よ。わたし、涼ちゃんをしっかり調教するわ」

「調教か。とにかく、よろしく頼むな」

「ええ。あなたとは別れることになったけど、一緒に暮らした日々はずっと忘れないと思う」

「なるべく早く忘れたほうがいいよ。それが辻に対する礼儀じゃないのかな」

「あっ、そうよね。あなたは年下だけど、わたしよりもずっと大人だわ。いままで気づかなくて、ごめんなさい。それじゃ、お元気で！」

響子がにっこりと笑い、夫のいる場所に向かった。

成瀬は何かをふっ切るように料理の並んだテーブルに足を向けた。

だが、それほど食欲はなかった。宴会ホールをそっと抜け出し、右舷の甲板に向かう。

『スージー号』は三浦半島沖を滑っていた。レストランシップは二時間かけて東京湾内を巡航し、午後九時半に竹芝桟橋に戻る予定になっている。

甲板は若いカップルであふれていた。一般の乗船客たちだ。どの顔も屈託がなさそうに見える。

成瀬は船縁まで進み、縁板に両腕を掛けた。

夜景はどこか幻想的だった。きらめく灯火が美しい。潮風は幾らか油臭かったが、涼気をたっぷりと孕(はら)んでいる。

　数十分が流れたころ、成瀬は誰かに肩を叩(たた)かれた。

　振り向くと、かつて所属していた芸能プロダクションの社長が立っていた。古谷智司(ふるやともじ)という名で、四十五歳だ。厳(いか)つい顔立ちだが、ふだんは女言葉を使っている。

「あんたも辻の結婚式に出席してたのか」

　成瀬は硬い声で言った。喧嘩(けんか)別れしたきり、ずっと顔を合わせていなかった。

「そうよ。辻君もスーツタレントを辞めちゃったけど、律儀(りちぎ)に招待状をくれたの」

「辻らしいな」

「あんた、その後どうしてたの？　近況報告ぐらいしなさいよ」

「なんとか喰(く)ってる」

「素っ気ないわね。どんな仕事をしてるの？」

「探偵の真似(まね)事をしてるんだ」

「ふうん。あんた、ちょっと荒(すさ)んだわね。何か危(ヤバ)いことでもしてんじゃない？」

「だったら、どうなんだ？　警察に密告電話でもする気かっ」

「その言い種(ぐさ)は何なんだよ。言いたかねえけど、ある時期そっちの面倒を見てやったじゃねえか」

急に古谷が男言葉でまくし立てた。

「怒ったらしいな」

「ふざけやがって。そっちが貧乏してるんだったら、スーツタレントに復帰させてやってもいいと思って、わざわざ声をかけてやったのに」

「たとえホームレスになっても、あんたの世話になる気はない」

「き、きさま！　そんなふうに捻くれてるから、ジャズダンスの先生を辻あたりに寝盗られちまうんだ」

「何も事情を知らないくせに、利いた風な口をきくなっ」

成瀬は言うなり、古谷の顔面に正拳をぶち込んだ。

相手の頰骨が鈍く鳴った。古谷は両手をV字に掲げ、後ろに引っくり返って、靴底まで晒した。野次馬が集まりはじめた。

「宴会ホールに戻れよ。あんたの面見てると、不愉快になるんだ」

「くそっ、恩を仇で返しやがって」

「ぶっ殺すぞ、この野郎！」

成瀬は吼えた。

古谷が怯え、慌てて起き上がった。何か捨て台詞を吐いて、居住区に駆けていった。

野次馬たちも気圧されたらしく、一斉に散った。

会いたくない人間に会ってしまった。レストランシップが桟橋に着いたら、渋谷の馴染みの居酒屋で飲み直そう。

成瀬は額に垂れた前髪を掻き上げ、縁板に両肘を置いた。

2

頭上から黒っぽい塊が落ちてきた。

成瀬は、とっさに横に跳んだ。井の頭線渋谷駅の際の裏通りである。

午後十時数分過ぎだった。成瀬は竹芝桟橋からタクシーを走らせ、行きつけの『浜作』の少し手前で車を降りたのである。

目の前に落下したのは、なんと人間だった。

五十代半ばの男で、黒っぽい背広を着ていた。どうやら右横にある雑居ビルの屋上から身を投げたらしい。

「おい、しっかりしろ」

成瀬は、俯せに倒れた男に声をかけた。

だが、返事はない。首が奇妙な形に捩れている。首の骨が折れているのか。よく見ると、両耳から血が流れていた。

もう手遅れかもしれないが、一応、救急車を呼ぶことにした。

成瀬はスマートフォンを使って、一一九番に通報した。スマートフォンを懐に戻したとき、近くの立ち飲みの店から職人風の男が出てきた。五十八、九歳だろうか。

「やっぱり、飛び降りちまったか」

「倒れてる男と知り合いなの？」

成瀬は職人風の男に問いかけた。

「いや、全然知らない男だよ。けど、おれ、三、四十分前にこの男を見かけたんだ」

「どこで？」

「ほら、そこの雑居ビルの屋上だよ。この男は柵越しに眼下の通りをじっと見つめてた。なんか思い詰めた表情でな。だから、おれ、この男は自殺するかもしれないと直感したんだ」

「そうですか」

「よっぽど屋上に上がって、何か声をかけてやろうと思ったんだ。でも、人はひとりひとり生き方や考え方が違うからな」

「そうですね」

「だから、おれの考えで自殺を思い留まらせていいものかどうか迷っちゃったんだよ。で、結局は見て見ぬ振りしちゃったわけだ。なんか後味悪いね」

職人風の男はそう言い、倒れている男の右手首を取った。脈動はあるのか。成瀬は成り行きを見守った。

「駄目だ。温もりはあるけど、脈は打ってない」

「そうですか」

「何があったのか知らないけど、人間死んじまったら、おしまいだよ。おたくもそう思うだろ?」

「ええ」

「せめて成仏してほしいやな」

職人風の男が合掌した。成瀬も釣られて両手を合わせた。

合掌を解くと、遠巻きに人々がたたずんでいた。路上で息を引き取った男が雑居ビルの屋上から投身自殺したことは、誰もがわかっているようだった。

「生きにくい時代になっちまったよな」

職人風の男が呟いて、おもむろに立ち上がった。

「ほんとですね。去年一年間で、二万数千人が自殺したらしいですよ」

「知ってる。社会が、その連中を殺したようなもんだ」

「社会が？」

「うん、そう。政治家は本気でこの国の舵取りをする気はねえみたいだし、企業も生き残ることだけしか考えてない。デフレ不況で日本の経済がガタガタになったとたん、みんながエゴイズムを剝き出しにして、他人のことなんかちっとも考えなくなっちまった」

「確かに、そうですね。しかし、資本主義経済社会はもともと弱肉強食だからな」

「その通りだけど、それじゃ、人間は獣と同じになっちまう。いや、獣だって、傷ついた仲間や老いた同種の動物は庇うな。いまの日本人は獣以下なのかもしれねえ」

「ある意味では、そう言えるんじゃないかな」

　成瀬は相槌を打った。

「こないだテレビで著名な社会評論家が中国人は拝金主義者ばかりになったと軽蔑してたけど、日本だって同じだよ。いろんなメーカーが労賃の安い中国、韓国、台湾、ベトナム、インドネシア、カンボジア、タイ、ミャンマー、マレーシアなんかに工場をこさえて、少しでも利潤を上げようとしてる。その結果、国内の下請けや孫請けは受注がストップして、次々に倒産に追い込まれた」

「そうですね」

「ほかの会社だって、企業モラルを忘れて儲けることしか考えてない。赤字経営を避けるため、非情なまでに人員を削減してる。それだから、多くの失業者が出た。ほとんどの会社が採用人数を減らしてるから、若年層の就職難も深刻だ」

「フリーターの数が年々、増えてるみたいですね」

「中小企業、町工場、自営業者たちは、たいてい青息吐息だろう。おれもさ、三年前まで工務店をやってたのよ。十二、三人使ってね。でも、資金繰りがうまくいかなくなって、ついに万歳よ。いまじゃ、流れ大工さ」

「苦労したんですね」

「おれの苦労なんか、たいしたことないよ。それより、早く失業者に仕事と自信を与えなきゃな。同じ日本丸というでっけえ船に乗ってる仲間なんだから、見捨てちゃいけねえよ」

「同感です」

「そうかい。おたくは偉い！　真っ当な人間だよ。失業者の問題もそうだけど、毎年二万人以上が自殺してる事実から目を背けちゃいけねえんだ。そうだろ？」

男の言葉は、いっこうに止まらない。

成瀬は閉口した。

「おれもおたくも、この社会の一構成員なんだ。他人事じゃない。日本がこんなにも悪くなっちまったのは、おれたちの責任なんだ。そのことを肝に銘じて、お互い頑張ろうや。な、大将！」

「大将は、そちらでしょ？」

「いや、いや、おれなんか吹けば飛ぶような男だよ。これからは三、四十代の連中が力を合わせなきゃ、日本丸は沈没しちゃうって。とにかく、頑張ろう！」

職人風の男が握手を求めてきた。成瀬は男の手を握り返した。

握手を解いたとき、救急車のサイレンが響いてきた。

「おれ、ちょっと先を急いでるんですよ。後のことは、大将に任せてもいいかな」

「おれは大将じゃねえって。けど、遺体が搬送されるまで、ちゃんと見届けるよ。死んだ男は同じ五十代みたいだからさ」

「それじゃ、よろしく！」

「ああ。生きにくいけど、頑張ってくれ」

職人風の男が大声を張り上げた。成瀬は曖昧にうなずき、大股で歩きだした。

数分で『浜作』に着いた。

カウンターとテーブル席は半分ほど埋まっていた。小上がりに客の姿はない。

成瀬は隅のテーブルに着いた。すぐに顔馴染みのアルバイト従業員がやってきた。女子大生だ。

成瀬は冷酒と数品の肴をオーダーした。

「きょうはサマースーツなんか着込んで、成瀬さん、どうしちゃったんですか？」

「知り合いの船上結婚式に出た帰りなんだ」

「レストランシップで結婚式があったんですか」

「そうなんだ。肩の張らない挙式でよかったよ」

「成瀬さん、なんか変だわ。いつもと様子が違う」

女子大生が言った。

「どう変なんだ？」

「何か大事なものを失ったみたいな感じね。もしかしたら、新婦のこと、好きだったんじゃない？」

「実は、去年の夏まで一緒に暮らしてた女が結婚したんだよ」

「そうだったんですか。相手の男性は？」

「着ぐるみ役者時代の後輩だよ。弟みたいにかわいがってた奴なんだ」

「その男性、略奪愛を……」

「いや、そうじゃない。おれが彼女と別れた後、二人は親しくなったんだよ」

「そうなの。成瀬さんは大人なんですね。わたしなら、昔の彼氏の結婚式には出ないわ。だって、お互いになんとなく気まずいでしょ？」

「新婦とはもう終わってたから、別にぎくしゃくはしなかったよ」

「わたしは、そんなふうには割り切れないわ。第一、先方から結婚式の案内状も来ないと思います。ふつうはそうでしょ？　結婚されたカップル、ちょっと神経がラフですよ」

「そうなのかな。こっちは妙な拘りがないせいか、先方が無神経だとは感じなかったがね」

成瀬は言って、セブンスターをくわえた。

「なんでそんな無理をする必要があるのかな」

「おれが何か無理してるって⁉」

「わたしの目には、そう見えます。多分、成瀬さんは昔の彼女には誰とも結婚してほしくないと思ってたんでしょうね」

「そんなこと、一度も考えたことないよ」

「また、無理してる。成瀬さんが昔の彼女に未練はないとしたら、きれいな思い出を汚されたと感じてるんじゃない？」

「そういうこともないがな」

「なんだか今夜の成瀬さんには母性本能をくすぐられちゃう」

「なら、ベッドで慰めてもらうか」

「そこまでサービスするつもりはありません」

女子大生が笑いながら、軽く往なした。

「冗談だよ。磯さん、きょうは顔を出さなかった？」

「ええ。ほら、今夜は全共闘運動をしてたときの同志と飯田橋のホテルで旧交を温める会に出席すると言ってたでしょ？」

「そういえば、今夜だったな。それじゃ、磯さんはここには寄らないだろう」

「ええ、多分ね。昔の仲間と朝まで飲み明かすんじゃないかしら？」

「だろうな」

成瀬は煙草を深く喫いつけた。女子大生がテーブルから遠ざかった。

待つほどもなく、冷酒と突き出しの小鉢が一緒に届けられた。成瀬は手酌で飲みはじめた。突き出しの蓴菜を平らげると、牛肉の叩きと縞鯵の刺身が運ばれてきた。

成瀬は冷酒を追加注文し、盃を重ねた。

磯村がふらりと店に入ってきたのは、二本目の冷酒が空になったときだった。すぐに彼は成瀬に気づき、テーブルに歩み寄ってきた。

白っぽい麻のジャケットに、チャコールグレイのスラックスという組み合わせだった。スタンドカラーの半袖シャツは茶系だ。成瀬は磯村に語りかけた。

「二次会で切り上げたみたいですね」

「誰も三次会をやろうとは言い出さなかったんだよ」

磯村が憮然とした表情で、向かい合う位置に坐った。成瀬はカウンターの中にいる店主に大声で冷酒のお代わりをした。

「あまり会は盛り上がらなかったんだ。時代が流れ、みんなの生き方も変わってしまったから、仕方ないんだがね。それにしても、なんか寂しいパーティーだったな」

「磯さん、前回はいつでしたっけ?」

「五年前だよ。あのときは最初の会合ってことで、八百人近い人間が集まったんだ。われわれノンセクト・ラジカルばかりじゃなく、過激派のセクトにいた連中も何人か顔を出してた。一九六〇年代末に青春時代を過ごした人間は特有の熱気と痛みを味わってるんで、イデオロギーが多少違ってても、ある種の連帯意識を持ってるんだ」

　磯村が言って、アルバイト従業員の女子大生を手招きした。女子大生が突き出しと追加注文した冷酒を運んできた。

「磯村さん、いらっしゃい。今夜は来ないと思ってたのよ」

「娘のきみの顔を見たくなったんだ」

　磯村が上着のポケットから、小さなガラス容器を取り出した。中身は星砂だろう。

「それ、与論島の星砂じゃない？」

「うん、そうだよ。昔の活動家仲間が与論島に住みついて、民宿を経営してるんだ。その男がわざわざ東京に持ってきて、かつての同志たちに配ったんだよ」

「いい話ね」

「こっちが持ってても仕方ないから、きみにやるよ」

「悪いわ。そんな意味のある物を貰うわけにはいきません。磯村のお父さんが持ってて」

　女子大生が固辞した。

　磯村が複雑な笑い方をして、星砂の入った小壜を上着の内ポケットに戻した。それから彼は、数種の酒肴を頼んだ。

女子大生が下がった。磯村には、三十六歳のひとり娘がいる。外資系の保険会社に勤めている実の娘とは、もう二十年ほど会っていないそうだ。

彼女は父親の浮気が両親の離婚の原因になったことに怒って、いまも磯村を恨んでいるらしい。毎年、誕生日プレゼントも送り返してくるという。

そんなこともあって、磯村はアルバイトの女子大生を自分の娘のようにかわいがっていた。

女子大生のほうも磯村を慕い、〝父娘ごっこ〟を愉しんでいる。彼女が手首に嵌めているブルガリの時計は、父からのプレゼントだった。

成瀬は磯村のグラスに冷酒を注いだ。

「ここの勘定は、こっちが持つよ。成やん、どんどん飲んでくれ」

「きょうはおれが奢ります。だから、遠慮なく飲ってください」

「それじゃ、ここが看板になったら、別の店に行こう。そこは、おれの奢りだからな」

「わかりました。今夜は、とことん飲みましょう」

「そうするか」

「磯さんの学生時代の話を聞きたいな。全共闘世代の中心は、団塊の世代とかベビーブーマー世代と呼ばれた人たちなんですよね」

「そう。昭和二十二年から二十四年の間に生まれた連中のことだよ。高度経済成長時代の日本の繁栄ぶりを眺めながら、大きくなった世代なんだ。やたらと人数の多い世代で、たいていの者が無意識に競争心を煽られてた」

「なら、受験戦争も潜り抜けてきたんでしょ？」

「そうなんだ。ただ、受験勉強に明け暮れるばかりじゃなかったよ。英語の慣用句を暗記しながらも、ちゃんと世の中の矛盾や歪みにも目を向けてた。だから、高校生が長髪禁止令に反発したり、教師への不信感から授業放棄やバリケード封鎖をやりはじめるようになったんだ」

「別に不良たちが煽ったわけじゃないんでしょ？」

「一般の生徒が民主化を求めて、自発的に起ち上がったんだよ。大学生は大学生で、学費値上げ反対で全学ストを打ってた。一九六八年、つまり昭和四十三年に三派系全学連が分裂すると、学園闘争は一気に盛り上がったんだ。都内三十七大学は五流二十三派に分裂したセクトにバリケード封鎖され、キャンパス内ではセクト間の流血騒ぎもつづいた。大学当局は警視庁機動隊の力を借りて、校舎の封鎖解除を強行した。そうした動きに一般学生たちも民主化を求めはじめたんだよ」

「それが全共闘運動を盛り上げたわけか」

「そうなんだ。過激派セクトの連中とはなんの繋がりもない学生が運動に続々と加わるようになって、一九六九年九月五日に全国全共闘連合結成大会が日比谷公園で開かれたんだよ。その大会には革マル派を除く全国四十六大学の全共闘学生一万数千人が参加し、反安保、大学立法粉砕の気勢をあげたんだ」

磯村が説明した。

「当然、磯さんも大会に参加したんでしょ？」

「もちろんさ。警視庁の公安刑事が参加者たちの顔をカメラで隠し撮りしてたが、おれはこそこそしたりしなかったよ」

「カッコいいな」

「結成大会当日、指名手配されてた東大全共闘議長が会場に姿を見せて、みんなの喝采を浴びたんだ。張り込んでた刑事たちは議長を逮捕する気でいたが、あっさり逃走された。当時の警視総監はカンカンに怒ったらしいぜ」

「そうでしょうね」

「大学構内に機動隊が入るたびに、テレビで全国中継されたんだよ」

「そうなのか」

「闘争は学園内に留まらなかった。ほぼ同じ時期に、羽田、三里塚、佐世保、王子、新

宿などで大規模な街頭闘争が展開されたんだよ。当時の若者の大半は過激派に煽動され
たんじゃなく、主体的に学園闘争や街頭闘争に参加したんだ」
「既存の秩序をいったん破壊して、民主的な社会を再構築しなければならないと切実な
思いに駆られてたんですね？」
「ああ、本気でそう思ってたよ。だから、法律は平気で無視した。機動隊の奴らに石を
投げまくったね。それだけで公務執行妨害罪になるんだが、少しも怯んだりしなかった。
それに学生たちが自発的に集まって武装蜂起するというノンセクト・ラジカルの闘争に、
ある種のヒロイズムも感じてたな。自分がちょっと不器用なアウトローになったようで、
自己陶酔もできたんだ」
「男は、死ぬまでガキだって言ってた女流作家がいたな」
成瀬は合いの手を入れた。
「実際、その通りだろうな。おれは自分が護送車に乗せられる姿を何度も頭に描いた。
そして、世の中は生まれ変わると半ば本気で信じてた」
「しかし、そうはならなかったんでしょ？」
「そう。既存セクトが急に過激になり、一九七〇年には赤軍派が日航機『よど号』をハ
イジャックし、翌年に各セクトが爆弾闘争を繰り返した。一九七二年には連合赤軍リン

チ事件が妙義山で起こり、生き残りたちが〝あさま山荘〟を占拠して、世間の人々を震撼させた。そうした連中と同一視されたくないと思った全共闘運動の仲間たちは非合法闘争をやめ、それぞれが社会の一員となったんだ」

「磯さんも長かった髪をばっさりと切って、雑誌社の採用試験を受けたんですね？」

「髪は切らなかったよ。面接の日には一応、ネクタイを締めていったがね」

「そうですか」

「おれは昔の活動家仲間がサラリーマン、教師、自由業になっても、それぞれが民主化運動をつづけてくれるだろうと信じてた。しかし、多くの奴は去勢された犬みたいになってしまった。きょうの会合でも、主な話題は病気と年金のことだった。若いときに一度は牙を剝いた連中がすっかり小市民になってた。二次会に出席したのは、三分の一もいなかったな。終電を逃すと、タクシー代が痛い。明日の午前中に定期診察があるんだよ。そんな言い訳をしながら、三分の二が消えちまった。三次会を楽しみにしてたのは、このおれだけだったんだ。なんか哀しいよ」

　磯村がグラスを一息に呷った。成瀬は無言で冷酒を注いでやった。

　そのすぐ後、女子大生が磯村の酒肴を運んできた。彼女はテーブル席の空気を敏感に感じ取り、無言で下がった。

「昔の仲間たちが全員、日常生活に埋没してしまったわけじゃない。真木淳也って友人は、いまも硬派のフリージャーナリストとして、牙を剝きつづけてる」

「著作は読んだことないけど、その名前は知ってますよ。総合雑誌の新聞広告や電車の中吊りに、よく真木淳也の名が刷り込まれてるから」

「そうだな。彼は好んで社会問題を取り上げてる。安楽死を題材にした長編ノンフィクションも秀作だったが、真木が月刊誌に発表したジャピーノたちのルポは感動ものだったよ」

「ジャピーノというと、日本の男たちがフィリピン女性に産ませた子供たちのことですよね？」

「そう。真木は日本の男たちに棄てられた母子たちを紹介しながら、経済大国の驕りを断罪した。それから彼はルポ記事には一行も触れてないんだが、自分の内妻と子供を紙屑のように棄てた日本人の男を捜し出して、ちゃんと養育費を払うよう説得したんだよ」

「ナイスガイですね。その真木さんはパーティーに来なかったんですか？」

「そうなんだ。久しぶりに真木に会えるのを楽しみにしてたんだが、とうとう彼は現われなかった。彼には、ちょっとした借りがあるんだ」

「どんな借りなんです？」

「一九六九年四月二十八日の沖縄反戦デーのとき、全共闘系学生と機動隊が激しく衝突したんだ。放水をまともに浴びたおれは転倒して、足首を挫いてしまった。お巡りに取り押さえられそうになったとき、真木が走り寄ってきて、おれを背負ってくれたんだよ。あいつはお巡りに横蹴りを浴びせると、猛然と走りだした。そのおかげで、おれは逮捕されずに済んだんだ」

「ちょっといい話だな」

「あいつ、急な取材が入ったんだろうな。二年半ほど会ってないんで、彼とじっくり話をしたかったんだが……」

「そのうち、真木さんと二人で心ゆくまで飲むんですね。今夜は、おれで我慢してください」

成瀬は冷酒を傾けた。

磯村がにっこりと笑い、グラスを持ち上げた。

3

テレビのニュースが終わった。

成瀬は遠隔操作器(リモート・コントローラー)を使って、テレビの電源スイッチを切った。

『中目黒スカイコーポ』の五〇五号室だ。自宅マンションである。

前夜、渋谷の雑居ビルの屋上から飛び降り自殺した五十代の男は某信用金庫の支店長だった。倒産の危機に晒(さら)されていた実弟の広告デザイン会社に五千万円の不正融資をしたことが発覚し、懲戒解雇されてしまったらしい。夫の不始末がマスコミに報じられると、妻子はすぐに別居したという。実弟の会社は借りた金を回収され、結局、倒産してしまったそうだ。

支店長がしたことは誉(ほ)められることではないが、人生の折り返し地点を過ぎて辛(つら)い思いをさせられれば、死にたくもなるだろう。

成瀬は溜息(ためいき)をついて、リビングソファに深く凭(もた)れかかった。

午後四時過ぎだった。頭が重い。二日酔いだ。明け方近くまで磯村と飲み歩き、三十分ほど前にベッドから離れたのである。

部屋の間取りは2LDKだ。専有面積は七十平方メートル近い。独り暮らしには充分な広さだった。

成瀬は欠伸をしながら、コーヒーテーブルの上に置いてあるスマートフォンに腕を伸ばした。デリバリー専門の洋食屋に出前を頼む気になったのだ。

スマートフォンを手に取ったとき、着信音が鳴った。ディスプレイを覗く。発信者は磯村だった。

成瀬はスマートフォンを口許に近づけた。

「昨夜、いや、今朝はどうも！　二人とも、よく飲みましたね」

「そうだな」

「磯さん、なんか声が沈んでるな。何かあったんですか？」

「実は、少し前に真木の自宅に電話をしたんだよ。奥さんの話によると、一昨日から旦那の行方がわからないというんだ」

「夫婦仲がうまくいってなかったのかな？」

「いや、真木は奥さんの綾香さんとは全共闘運動を通じて知り合って、大恋愛の末に結婚したんだよ。子供に恵まれなかったこともあって、夫婦は仲睦まじいんだ。綾香さんは六十九になったはずだが、とても若々しい。五十七、八歳にしか見えないんだ。子供を産んでないせいだろうな」

「夫婦仲がいいなら、真木さんに愛人がいたとは考えにくいでしょうね？」

「それはないだろう。あいつは、真木は綾香さんに惚れてたし、こと恋愛に関しては不器用な男なんだ。浮気なんか一度もしたことないにちがいない」

　磯村が言った。

「となると、何かトラブルに巻き込まれたんだろうな」

「ああ、おそらくね」

「奥さんは夫の捜索願を警察に出したんですか？」

「それは、まだ出してないらしい。真木も綾香さんも警察は好きじゃないんだ。二人とも公務執行妨害で検挙されたことがあるからね。それ以前に、全共闘運動に関わってた者は国家権力に対して……」

「ええ、わかりますよ」

「それでね、成やん、おれは真木夫人に有能な探偵を知ってるから、その彼と一緒に真木を捜してやると言っちゃったんだよ」

「有能な探偵って、おれのことですか!?」

「うん、そう」

「それって、誇大広告でしょ？　というか、嘘っぱちだな。そもそもおれは探偵じゃないですから」

「探偵に近い仕事をやってきたじゃないか」

「ま、そうですけどね」

「とにかく探偵になりすまして、こっちと一緒に真木の自宅マンションに行ってほしいんだ。綾香さんには午後六時に訪ねると言ってあるんだよ」

「まいったな」

「成やん、協力してくれないか。きのう話したように、真木にはちょっとした借りがあるんだ。あいつが何か犯罪に巻き込まれて窮地に陥ってるんだったら、なんとかしてやりたいんだよ。もちろん、成やんにはそれなりの謝礼を払う」

「磯さん、水臭いことを言わないでください。おれ、謝礼なんかいりませんよ。磯さんの頼みなら、協力は惜しまない」

「嬉しいことを言ってくれるな。それじゃ、五時前後に成やんのマンションに行くよ。真木の自宅マンションは目黒区の大岡山にあるんだ。東京工大の近くだよ」

「それなら、磯さんにこっちに来てもらったほうがいいな。おれ、待ってます」

成瀬は通話終了ボタンをタップし、洋食屋に出前を頼んだ。注文したのはミックスフライ、ハンバーグ、海草サラダ、大盛りライスだった。

成瀬は浴室に向かい、頭からシャワーを浴びた。シェーバーで髭を剃り終えたとき、出前が届けられた。成瀬はダイニングテーブルに着き、猛然と食べはじめた。きょう最初の食事だった。きれいに平らげた。

磯村が訪ねてきたのは午後五時過ぎだった。

整った顔には疲労の色が濃く貼りついていた。七十三歳の男が明け方近くまで飲み歩くのは、体力的に無理があるのかもしれない。

成瀬は磯村をリビングソファに坐らせ、清涼飲料水を飲ませた。少し休憩させてやりたかったのだ。

「きのうは、ちょっと飲み過ぎたな。七十過ぎると、ぐっと体力がダウンすると聞いていたが、最近は疲れがなかなか抜けないんだ」

「それでも磯さんは、まだ若いですよ。三十九のおれと五分に飲めるし、以前はボクシングジムに通ってたんだから」

「オヤジ狩りに遭ったとき、自分の体が思うように動かなくなってたんで、愕然としたんだよ。それでジムに通いだしたんだが、二年はつづけられなかったな」

「磯さんはカッコいいですよ。若い奴らと殴り合っても、相手が格闘技を心得てなかったら、まず負けないでしょ？」

「かもしれないわ。しかし、持久戦に持ち込まれたら、こっちがのされちゃうだろうな。二、三発パンチを繰り出しただけで、呼吸が乱れるんだ。やっぱり、年齢には勝てないね」

「そんな気弱になって、どうするんです？　おれたちはアナーキーに暴れまくろうって誓い合ったじゃないですか」

「そうだったな」

「法律？　それがどうした！　やくざ？　ぶっ殺すぞ、この野郎！」

「いいね、成やん！　なんか力が湧いてくるよ。もっとつづけてくれ」

「わかりました。高慢な女？　股を裂いちまうぞ。ヤミ金が早く金を返せだと？　銀行強盗でもやんな」

「いいね、いいね。こっちも悪乗りするか。政治家、官僚、財界人、文化人が揃って腐ってしまった。みんな横に並べて、マシンガンで撃ち殺してやる」

「よう、大統領！」

「弱者や貧者を見下してる奴らがいるって？　そんな思い上がった連中の尻の穴には、鉄パイプを突っ込んでやれ」

「その調子、その調子！」

「成やん、愉快だね。二日酔いなんか吹っ飛んじゃったよ」

磯村が愉しげに笑った。成瀬も相好を崩した。

二人は笑いを収めると、リビングソファから立ち上がった。エレベーターで、地下駐車場に降りる。

成瀬は愛車のジャガーFタイプの助手席に磯村を坐らせてから、運転席に入った。

冷房の設定温度を十八度に下げ、穏やかに車を発進させた。近くの山手通りに出て、駒沢通りをたどり、環七通りに入る。

目的の『大岡山エクセレントレジデンス』は、閑静な住宅街の一角にあった。南欧風の造りで、八階建てだった。

成瀬はジャガーをマンションの隣家の生垣に寄せた。二人は車を降り、『大岡山エクセレントレジデンス』に足を向けた。

玄関はオートロック・システムになっていた。勝手にエントランスロビーに入ることはできない。磯村が集合インターフォンの前に立ち、真木の部屋番号を押した。七〇八号室だった。

「はい、どちらさまでしょうか？」

スピーカーから、女性のしっとりとした声が流れてきた。真木の妻の綾香だろう。

「磯村です。電話でお伝えした例の探偵を連れてきました」

「お世話になります。いま、ロックを解きますので、どうぞ七階にお上がりください」

「わかりました」

磯村が少し退がった。成瀬たちはマンションの中に入り、エレベーターで七階に上がった。

磯村が七〇八号室のインターフォンを鳴らす。待つほどもなく応答があった。

ドアが開けられた。

現われたのは、知的な面差しの女性だった。とても六十代後半には見えない。肌には張りがあり、顔の色もくすんでいなかった。真木夫人だろう。

「綾香さんだよ」

磯村が言った。成瀬は会釈して、名乗った。

「真木の妻です。どうぞお入りになって」

綾香が来客用のスリッパを二組、玄関マットの上に並べた。素材はパナマ麻だった。

成瀬たちは居間に導かれた。二人は並んで腰かけた。綾香がキッチンに行き、手早く三人分のアイスティーを用意した。

「奥さん、どうかお構いなく」

磯村が言った。

成瀬は、さりげなく居間を眺め回した。十五畳ほどのスペースで、小ざっぱりとしている。間取りは3LDKだろうか。

綾香は三つのタンブラーをコーヒーテーブルの上に置くと、磯村の正面のソファに浅く腰かけた。インド更紗の白っぽいワンピースが涼しげだ。

「早速なんだが、一昨日のことをできるだけ詳しく教えてもらいたいんだ」

磯村が促した。

「わかりました。夫がここを出たのは午後二時過ぎでした。文英社の『世相公論』の副編集長の室井護さんと渋谷のカフェで打ち合わせをした後、真木は地下鉄銀座線に乗り込んだそうです」

「それは何時ごろだったのかな？」

「室井さんに確かめたところ、午後四時過ぎだったそうです。夫は銀座で洋画の試写を観ると室井さんに話していたというんですが、試写会には顔を出していませんでした」

「その後の足取りは、まったくわからないの？」

「ええ。おつき合いのある編集者の方たちに夫の行きつけの飲食店や書店を教えていただいて、わたし、一軒ずつ電話をかけてみたんですよ。ですけど、真木はどこにも立ち寄っていませんでした」

「そう。夫婦が派手な喧嘩をしたなんてことはないよね？　それから、真木に女の影を感じたこともないと思うが……」

「ええ、どちらもありません」

「私生活に問題はなかったということになると、真木は何か事件に巻き込まれたんだろうな。プロの探偵さんは、どう推測する？」

磯村が成瀬に顔を向けてきた。

「その可能性はありますね。奥さんに直に質問させてもらってもいいでしょうか？」

「いいとも」

「それじゃ……」

成瀬は磯村に言って、綾香に顔を向けた。綾香が幾分、緊張した面持ちになった。

「最近、ご主人の原稿が没にされたことはあります？」

「いいえ、そういうことはなかったはずです」

「読者からクレームの電話がかかってきたり、脅迫状が届いたことは？」

「どちらもありません。もしかしたら、出版社にはお叱りの電話があったかもしれませんけど、夫から一度もそういう話は聞いていません」

「そうですか。真木さんは社会派ノンフィクション作品をお書きになられているので、その種の電話や手紙が届いてるんじゃないかと思ったんですが……」

「六、七年前に一度、利権右翼が日本刀を持って、ここに乗り込んできたことがありました。自分は右翼団体の代表者だが、利権を漁ったことはないと怒鳴り込んできたの」

「そのとき、ご主人は？」

「書斎で原稿を書いていました。それで相手の方に『おれを叩っ斬りたきゃ、そうしろ』と言い返したんです」

「いい度胸してるな」

「真木は、ノンフィクション・ライターは体を張って仕事をすべきだと考えてるんですよ。ですので、どんな圧力にも屈してはいけないと常々、言っていました」

「怒鳴り込んできた右翼はどうしました？」

「真木の気迫に負けたみたいで、すごすごと帰っていきました。それきりクレームをつけてくることは二度とありませんでした」

「ご主人は、ペンを持ったサムライなんだな。カッコいいですね」

「別に恰好をつけているわけではなく、真木は曲がったことが大嫌いなんです。それに性格が頑固ですので、損得で他者と折り合ったりしないんですよ」

「それでこそ、漢です。ご主人と一度、酒を酌み交わしてみたいな。それはそうと、最近、どんな取材をされていたのでしょう？」

成瀬は質問を重ねた。

「半月ほど前から、リストラ請負人のことを取材していました」

「リストラ請負人？」

「ええ、そうです。その男は斉藤裕太という名で、元総会屋なんです。四十二歳だという話でした。夫の話によりますと、斉藤は大手企業数十社に頼まれて中高年社員たちをセックス・スキャンダルの主役に仕立てて、早期退職に追い込んでいるようなんですよ」

「斉藤のダーティー・ビジネスのことは、もう原稿にまとめたんですか？」

「いいえ、まだ筆は執っていません。斉藤は各社の労働組合の幹部たちの弱みを押さえているとかで、狙われた中高年社員たちは誰も都労委に相談したり、裁判を起こしたりしてないそうです」

綾香がそう言い、アイスティーで喉を潤した。

「そのリストラ請負人が真木さんの取材妨害をしたようなことは？」

「真木が東証一部上場企業をリストラ退職させられた方たちの取材を開始したとたん、柄の悪い男たちの影がちらつくようになったみたいです」

「そいつらは、真木に何か手荒なことをしたのかな？」

磯村が口を挟んだ。

「暴力こそ振るわれなかったんですけど、明らかに威嚇されたと言ってました。その男たちは夫を睨みつけたり、ナイフで自分の爪を削いだそうです」

「真木は、そいつらの正体を突きとめたんだろうか」

「その点については、何も言っていませんでした。斉藤の回し者だということは直感したと思いますけどね」

「だろうね、それは。一流企業が総会屋崩れにリストラの請け負いをやらせてたことが公になったら、企業イメージは大きくダウンする」

「ええ、そうね」

「怪しいのは斉藤だけじゃない。斉藤を雇った数十社も、真木の失踪に関与した疑いがあるわけだ」

「そうですね」

「奥さん、真木の取材メモとか録音音声は書斎にあるの？」

「きのう、真木の机やキャビネットの引き出しの中をすべて調べてみたんですけど、取材メモや録音音声の類は見つかりませんでした。どちらも、真木がいつも持ち歩いてるショルダーバッグの中に入っているんだと思います」

「そうなんだろうな」

「斉藤裕太の写真だけは、キャビネットの中に入っていました。どれも真木が隠し撮りした写真です。斉藤は労務関係の役員とか娼婦と思われる女性と密談してるところが写っていました」

「奥さん、そのプリントは書斎にあるの？」

「ええ、あります。お見せしたほうがいいですね。いま、取ってきます」

綾香が優美に立ち上がって、書斎に向かった。

「奥さん、すごく若く見えるね」

成瀬は小声で言い、アイスティーを飲んだ。

「彼女は美術系の大学に通ってたんだが、全共闘の活動家たちのアイドルだったんだ。集会の隅でポール・ニザンの本を物憂げな表情で読んでる姿は、とてもカッコよかったよ」

「ポール・ニザン？」

「活動家たちに絶大な人気があった作家だよ。主人公の青年に気の利いたことを言わせてるんだ。そうしたフレーズが仲間うちで流行ったりしてね」

「磯さんも、若いころの綾香さんには淡い思慕を寄せてたんでしょう？」

「いい娘だとは思ってたが、恋心は懐かなかったよ。なにしろ周囲の男たちは、ほとんど綾香さんに魅せられてたからね。彼女のハートを射止めた真木は、ずいぶん仲間たちから恨まれたもんさ」

「そう。それはそうと、リストラ請負人は元総会屋だというから、磯さんの知り合いの経済調査会社に勤めてる例の彼に調べてもらえば、斉藤のオフィスや交友関係がすぐにわかると思うんですよ」

「そうだな。後で、浦剛君に電話してみよう」

「よろしく！」

　会話が途切れた。

　ちょうどそのとき、真木夫人が居間に戻ってきた。磯村が写真の束を受け取って、先に目を通した。綾香がソファに坐った。成瀬は磯村から手渡されたカラー写真を一葉ずつ眺めた。

　斉藤はマスクが整っていたが、いかにも抜け目がなさそうな印象を与える。目つきに卑しさが感じられた。

ホテルのロビーやチャイニーズ・レストランで斉藤と密談している五十絡みの男たちは、雇い主の一流企業の人事部長か労務担当の役員だろう。斉藤は別の場所で、派手な服装の若い女たちと会食している。

女たちは一様にセクシーだった。中高年社員たちを巧みに誘惑した娼婦と思われる。罠に嵌められた男たちは、予め仕掛けられていたCCDカメラで痴態を盗み撮りされたにちがいない。そして、彼らは不本意ながらも、早期退職に応じてしまったのだろう。

「夫を見つけ出してくれたら、できるだけのお礼はさせてもらいます」

綾香が成瀬に話しかけてきた。

「力を尽くします」

「着手金はどのくらいお支払いすれば、よろしいのでしょうか?」

「百万円の成功報酬をいただければ、着手金は結構です」

「でも、調査の必要経費がいろいろかかるでしょうから、現金で三十万円ほど先にお渡ししましょう」

「いいえ、着手金は本当に必要ありません。経費といっても、たいした額はかからないと思いますので」

「よろしいんですか。それでは、真木を見つけていただいたときに成功報酬をお支払いします」

「磯村さん絡みの依頼ですので、成功報酬は半分でもいいんですけどね」

「いいえ、それはいけません。ちゃんと百万円を受け取っていただかないと、こちらが困ります。額が少ないようでしたら、二百万でも三百万でも用意します」

「いいえ、成功報酬は百万で充分ですよ」

「わかりました。リストラ請負人の斉藤という男が夫の失踪に関与してるような気がするんですよね、やっぱり」

「その疑いはあると思いますが、いまの段階では何とも言えません。それより、ご主人が隠し撮りした写真を少し預からせてもらってもいいですか？」

「ええ、かまいません」

「それでは、お借りします」

成瀬はプリントの束を上着のポケットに収め、真木夫人に個人用の名刺を手渡した。

「中目黒のご自宅が事務所を兼ねてらっしゃるんですね？」

「ええ、そうです。一匹狼の私立探偵ですので、電話番の女性事務員も必要ないんです。スマホとノートパソコンがあれば、ほとんど用は足りますからね」

「そうなんですか。磯村さんとは、どういったお知り合いなのでしょう？」

綾香が興味深げに問いかけてきた。

「飲み友達なんですよ」

「そうでしたの。てっきり同人誌のお仲間だと思っていました。わたし、磯村さんの短編小説は全部読んでるんです」

「奥さん、やめてほしいな。全部といっても、活字になったのは三、四編しかないんだから」

磯村が言った。きまり悪そうな表情だった。

綾香が真顔で問いかけた。

「でも、そのうら書下ろしの長編小説が刊行されるんでしょ？」

「さあ、そういう日が来るだろうか。成やん、そろそろ引き揚げよう」

磯村は居心地が悪くなったらしく、早口で言った。

成瀬は、すぐに立ち上がった。

4

客の姿は疎らだった。

渋谷の宮益坂の途中にあるカフェだ。店内は明るい。

BGMが控え目に流れている。有名なムード音楽だった。

成瀬は中ほどの席で、相棒の磯村と向かい合っていた。真木夫人に会った翌日の午後五時数分前である。

成瀬たちは、経済調査会社に勤めている浦剛を待っていた。きのうのうちに磯村が斉藤裕太に関する情報集めを浦に頼んであったのだ。

浦は大学生のころ、磯村が勤務していた雑誌社でアルバイトをしていたらしい。細身で、どこか繊細そうな印象を与える。浦は詩人でもあった。磯村の話だと、何冊か詩集を自費出版しているという。

「浦君にはおれが謝礼を渡すから、成やんは妙な気は遣わないでくれ」

磯村がコーヒーカップを口に運んだ。

「半分、おれも出しますよ。いくら渡すつもりなんです?」

「一応、十万入りの封筒を用意してきた」

「それじゃ、後で五万渡します」

「成やん、それは駄目だ。真木の件で、おれがそっちを引きずり込んだんだから、調査費用はこっちが全額負担するよ」

「失踪人を見つけたら、百万の成功報酬が入るんです。だから、必要経費は折半ってことにしましょう」

「成やん、おれに払わせてくれないか。そうしたいんだ」

「それじゃ、成功報酬は半分こにしますか？」

「いや、成やんがそっくり受け取ってくれ。おれは、真木に昔のちょっとした借りを返したいだけなんだ。今回のことで商売する気はないんだよ」

「そういうダンディズムは時代遅れなんじゃないのかな」

　成瀬は言って　セブンスターに火を点けた。

「そうかもしれない。しかし、今回だけは損得勘定抜きで動きたいんだ」

「わかりました。磯さんがそこまで言うんだったら、調査の経費はそっくり出してもらうことにします」

「ああ、そうしてくれないか。ただ、成やんは真木とは何も利害関係がないんだから、堂々と成功報酬を貰えばいい」

「ええ、そうさせてもらいます」

「それから斉藤が真木を拉致監禁してたら、いつも通りの裁きをしてくれ。とことん痛めつけて、口止め料をたっぷり脅し取ってやれよ」

「もちろん、そうするつもりです。磯さんにも当然、分け前を差し上げますよ」

「いや、おれは一円も受け取る気はない。別に友情物語の主人公を演じたいわけではないが、昔の仲間の絡んだ件でビジネスはしたくないんだ」

「ずいぶん禁欲的なんだな。おれたちは正義の使者じゃないんですよ。そこまで潔癖になることはないでしょ？」

「若い成やんがそう考えるのは、よくわかる。しかし、じじいのおれはそんなふうには割り切れないんだ。友情には、友情で報いたいんだよ。こんなふうに言葉にしてしまうと、なんだか安っぽくなるがね」

「そんなことはないけど、やっぱり磯さんの考え方は古いなあ」

「心も体もポンコツになりかけてることは認めるよ。ただね、おれは時代に合わせた生き方なんかしたくないんだ。そんなことをしたら、おれがおれでなくなっちゃうんでな」

磯村がそう言って、ショートホープをくわえた。

学生時代から何十年も同じ銘柄の煙草を喫っているという話をだいぶ前に聞いたことがある。そういう頑固さは、磯村の生き方にも顕われていた。

もう何も言うまい。成瀬は煙草の火を揉み消した。

ちょうどそのとき、浦が店に入ってきた。茶系のスーツ姿だった。痩せているからか、まったく汗はかいていない。

「お待たせしてしまって、申し訳ありません」

浦はどちらにともなく言い、磯村のかたわらに腰かけた。

ウェイトレスがオーダーを承りに来た。浦は少し考えてから、マンゴージュースを頼んだ。すぐにウェイトレスは下がった。

「どうだった？」

磯村が浦に訊いた。

「リストラ請負人は一流企業二十七社に出入りしてましたよ。総会屋時代につき合いのあった会社はもちろん、新規の会社の人員削減にも協力してます」

「斉藤がセックス・スキャンダルの主役に仕立てた中高年社員の数は？」

「裏付けを取ったわけじゃありませんが、一社平均十人は早期退職に追い込まれたでしようね」

「二十七社で、二百七十人前後の者がリストラ退職を強いられたことになるわけか」

「ひょっとしたら、もっと総数は多いかもしれません。サラリーマンは小心者が多いから、強面の男たちにちょっと凄まれただけでもビビってしまいます。別にセックスシーンを撮られなくても、リストラ退職に応じてしまった者も少なくないと思います」

「そうかもしれないな。斉藤は、少なくとも三百人ぐらいの中高年社員を早期退職に追い込んだんだろう」

「ええ、そのくらいはね」

「リストラ請負人はひとり追い込んで、どのくらいの謝礼を貰ってたんだろうか」

「最低でも、ひとりに付き二十万円は貰ってたでしょうね。仮に三百人を追い込んだとしたら、成功報酬は六千万円です。協力者のセックスパートナーに払う経費総額が一千万とすると、実収入は五千万円ってことになりますね」

「個人の裏仕事としては悪くない額だが、斉藤の成功報酬はもっと高いんじゃないのかな。ひとりに付き五十万は貰ってたんじゃないだろうか」

「そうだとしたら、一億五千万円の稼ぎですね。その額なら、元総会屋も満足しそうだな」

浦が言葉を切り、コップの水を飲んだ。そのすぐ後、ウェイトレスがマンゴージュースを運んできた。

「斉藤の交友関係も調べていただけました？」

成瀬はウェイトレスが遠ざかってから、浦に話しかけた。

「ええ。斉藤は裏経済で暗躍してる仕事師たちと親しくしてますね。地下げ屋、占有屋、闇金融業者、会社倒産整理屋、手形パクリ屋、商品取り込み詐欺屋、それから二八屋ともつき合いがあります」

「二八屋というのは？」

「証券担保金融業者のことです。彼らは株券を担保に取って、投資家たちに融資をしてるんですよ。担保株券が一部上場銘柄であれば、たいてい時価の八割相当の資金が借りられるんです。投資家にとっては、便利なシステムですよね。株式売買代金の二割相当の自己資金があれば、狙った銘柄は買えるわけですので。それだから、自己資金の五倍の運用が可能になるんです」

「なるほど」

「二割が自己資金で、残りの八割が融資資金であることから、業界では証拠担保金融業者を二八屋と呼んでるんです。連中は投資家に仕手戦をやらせて、担保価値が下がったら、目減り分を補填する〝追証拠金〟を取るんですよ。業界では〝追証〟という言い方をしています」

「その〝追証〟を払わなかったら、どうなるんです？」

「そういう場合、二八屋たちは融資相手に預かってる担保株券を市場で売却するぞと脅し文句を並べるんです。やむなく投資家は二八屋に、〝追証〟を入れることになる。そして二八屋のほうはさんざん金利を稼いで、株価が下がったら、担保証券を投げ売りして、貸した金をしっかり回収するんです」

「街金の一種なんだな」

「ええ、そうなんですよ。斉藤は解体屋ともつき合いがあります。解体屋といっても、ビルを取り壊してる連中のことではありません」

浦がストローでマンゴージュースを吸い上げ、すぐに言い継いだ。

「仕手筋が買い集めた何百万株という玉の塊を売り散らして、解体処理するのが彼らの仕事なんです。ちなみに、玉というのは株のことです」

「勉強になりました。仕手株は需給関係のバランスが崩れたとき、株価が大きくダウンしますよね。その前に解体屋たちは欲の皮の突っ張った投資家たちに株価はまだまだ上がると騙して、仕手株を売り散らしてるんでしょ？」

「ええ、そうです。早い話、株の売り抜け屋ですね。斉藤は偽造株券詐欺グループ、色抜き重油を密売してる軽油密造屋、計画倒産屋、ロシア人やルーマニア人の密航を手助けしてる組織とも関わりがあります」

「当然、暴力団、ブラックジャーナリスト、利権右翼とも結びついてるんでしょうね？」

「ええ、裏社会とも繋がりはあるはずです。斉藤が事務所を構えてる新橋の貸ビルのオーナーは、関東義友会の企業舎弟(フロント)のトップです」

「自宅も調べてくれました？」

成瀬は確かめた。浦が黙ってうなずき、茶色い革鞄(かわかばん)からルーズリーフ・ノートを取り出した。

それには、斉藤の事務所の所在地と自宅の住所が記(しる)してあった。オフィスは港区新橋二丁目、自宅は品川区旗(はた)の台(だい)三丁目となっていた。

「時間の都合でリストラ請負人の女性関係までは調べられませんでしたが、斉藤は妻とひとり娘の中学生と三人暮らしです。妻の名は弘子(ひろこ)で、三十七歳です。娘は美樹(みき)という名前で、十四歳です」

「そうですか」

「必要でしたら、個人的に斉藤の女性関係を調べてもいいですよ」

浦が磯村に言った。

「いや、それはわれわれが調べよう」

「わかりました」

「忙しいところを悪かったな」

磯村が麻の黒っぽい上着の内ポケットから白い封筒を取り出し、テーブルの下で浦に手渡した。

「今回は謝礼なんかいりませんよ。わたし、たいしたことはしてないんですから」

「いいから、収めてくれ。少ないかもしれないけどさ」

「なんだか申し訳ないな」

「詩集の出版費用の足しにでもしてくれないか。こないだ、次の詩集を早く出したいんだと言ってたよな。少部数でも、二、三十万は費用がかかるんだろう？」

「ええ、まあ」

「早くしまえよ」

「それじゃ、遠慮なく頂戴(ちょうだい)します」

浦が恐縮しながら、十万円入りの封筒を上着の内ポケットに収めた。

「真木淳也の行方がわからないことは内緒にしといてほしいんだ」

「わかっています。ぼく、真木さんの著作はほとんど読んでるんです。ファンのひとりと言ってもいいと思います。ノンフィクション・ライターとして、とても優(すぐ)れた方ですよね」

「おれも、そう思ってる。題材の選び方もうまいし、構成力や文章力もある。社会批判はたっぷり盛り込まれているんだが、決して声高(こわだか)には叫んでない。それでいて、充分に説得力がある」

「そうですね。反権力、反権威の姿勢は一貫してるんですが、それを売りものにしてるようなあざとさは感じられません。抑制(よくせい)が利いてて、大人の知性を感じさせます」

「そうだな」

二人は、ひとしきり真木淳也の高潔な姿勢を称(たた)え合った。

成瀬は会話に割り込めなかった。真木淳也の書いたものを一度も読んでいないことが妙に恥ずかしく思えた。

本をたくさん読んでいることが別に偉いわけではないが、たまには活字に親しむべきだろう。成瀬はそう思いながら、紫煙(しえん)をくゆらせつづけた。

やがて、浦と磯村の話は途切れた。それを汐(しお)に、浦が腰を上げた。彼は卓上の伝票を抓み上げかけたが、成瀬は勘定を払わせなかった。

「それじゃ、ご馳走になります」

浦が頭を下げ、先に店を出ていった。

「磯さん、おれはこれから斉藤のオフィスに行ってみます」

「一緒に行くよ」

「なら、出ましょう」

「成やん、伝票をおれに寄越してくれ」

磯村が言った。成瀬はそれを黙殺し、レジに急いだ。支払いを済ませると、磯村が一万円札を差し出した。

「コーヒー代ぐらい、おれに払わせてくださいよ。真木さんを見つけ出したら、百万の成功報酬を貰えるんですから」

「成やんも、けっこう古いとこがあるじゃないか。男は他人にあまり借りをこさえちゃいけないと思ってるんだろう？」

「言うことがオーバーだな、磯さんは。さ、新橋に行きましょう」

成瀬はカフェを出ると、磯村を裏通りに導いた。ジャガーは立体駐車場に預けてあった。

ほどなく二人はジャガーに乗り込んだ。ステアリングを握ったのは、もちろん成瀬だった。宮益坂を登って、青山通りに入る。赤坂見附回りで、新橋に向かった。

目的のビルは御成門小学校の並びにあった。十五階建てのモダンなビルだった。

成瀬はビルの少し先で、ジャガーを路肩に寄せた。すると、磯村が口を開いた。

「斉藤の事務所に偽電話をかけて、当の本人がいるかどうか確かめてみるよ」

「磯さん、ちょっと待ってください。おれ、事務所を間違えた振りをして、斉藤のオフィスを覗いてみますよ」

「そんなことをしたら、尾行しにくくなるじゃないか」

「斉藤にまともに顔を見られたら、磯さんに車を運転してもらいます。それで、おれは助手席で姿勢を低くしてる。そうすれば、問題はないでしょ？」

「成やん、なんだか焦ってる感じだな。こっちが真木の身を案じてるんで急いてるんだろうが、急いては事を仕損じるぞ」

「別に磯さんのことを考えて焦ってるんじゃありません。成功報酬は百万だから、そんなに時間をかけたくないんですよ。十日もかけてたら、一日たったの十万円の稼ぎにしかならないでしょ？　それじゃ、かったるいですからね」

「成やんは優しい男だな。そんなふうに悪ぶっても、そっちの思い遣りは伝わってくるよ」

「磯さん、なんか勘違いしてるみたいだな。おれ、本当に短時間で百万稼ぎたいと思ってるだけですよ。露悪趣味はありません。ちょっと様子を見てきます」

成瀬は早口で言って、車を降りた。

冷や汗が出そうだった。薄っぺらな思い遣りは、すぐに見抜かれてしまうようだ。

わざわざオフィスを覗く気になったのは事務所に斉藤だけしかいなかったら、即座に締め上げて、真木の失踪に関与しているかどうか一刻も早く吐かせたかったからである。

成瀬は問題の貸ビルに急いだ。

テナントプレートを見ると、三階に『斉藤コーポレーション』があった。リストラ請負人のオフィスだろう。成瀬はエレベーターで三階に上がった。『斉藤コーポレーション』の事務所は、エレベーターホールのそばにあった。

成瀬は『斉藤コーポレーション』に歩み寄り、クリーム色のスチールドアに耳を押し当てた。男たちの話し声がかすかに聞こえる。事務所内には三、四人の男がいた。

成瀬はノブに手を掛けた。

ロックはされていない。成瀬はノックもせずに、いきなりスチールドアを開けた。

応接ソファセットに四人の男が坐っていた。

正面のソファにどっかりと腰を下ろしているのは斉藤だった。この暑いのに、ダブルブレストの背広を着込んでいる。

客らしい三人の男は、ひと目で筋者とわかる。関東義友会の者なのか。

「遅くなりました。『東都名刺サービス』の者です」

成瀬は、もっともらしく斉藤に話しかけた。

「名刺屋だって⁉」

「ええ。お電話で注文をいただいたそうで、ありがとうございました。名刺の原稿を受け取りにきたんです」

「うちは名刺の印刷なんか頼んでねえぞ」

「ご冗談を」

「ほんとだよ」

「こちら、『斉藤プランニング』さんですよね？」

「いや、違う。ここは『斉藤コーポレーション』だ」

「あっ、失礼しました。うっかり社名を読み間違えてしまいました」

「しっかりしてくれや。帰った、帰った」

斉藤が苦笑して、野良犬を追い払うような手つきをした。

成瀬は頭を掻(か)きながら、ドアをそっと閉めた。ドア越しに、男たちの嘲笑が響いてきた。

オフィスに真木淳也が軟禁されている気配はうかがえなかった。

斉藤は真木を別の場所に閉じ込めてあるのだろうか。それとも、リストラ請負人が硬派フリージャーナリストの失踪に関与していると疑ったのは早とちりだったのか。

成瀬はエレベーターホールに向かった。ホールにたたずんだとき、『斉藤コーポレーション』から剃髪頭(スキンヘッド)の男が飛び出してきた。

三十歳前後で、がっちりとした体型だ。成瀬は警戒しながら、ダウンボタンを押した。

「おめえ、名刺屋じゃねえな？」

男が立ち止まるなり、開口一番に言った。

「名刺屋ですよ」

「だったら、何か証明になるものを見せろや」

「そうおっしゃられても……」

「社名は？　おめえの氏名も教えてもらおうか」

「最近、物忘れがひどいんですよ。会社名も自分の名前も、すぐには思い出せないんです。困ったもんです、われながら」

「ふざけんな。怪しい野郎だ。ちょっとおれと一緒に来な」

「こっちは忙しいんだよ」

成瀬は踏み込んで、相手の顎に逆拳を見舞った。

相手が口の中で呻いて、よろけた。成瀬は中段回し蹴りを浴びせた。頭を剃り上げた男が突風に煽られたように宙を泳ぎ、床に横倒しに転がった。

成瀬は空手三段だった。男が肘を強く打ちつけ、長く唸った。函の扉が左右に割れた。

「あばよ」

成瀬は函に乗り込み、手早く扉を閉めた。

第二章　不審なリストラ請負人

1

ビルから三人の男が現われた。

斉藤のオフィスにいた男たちだ。午後七時半を回っていた。柄の悪い三人組は肩をそびやかしながら、ＪＲ新橋駅方面に歩きだした。

「いま出てきた三人は、斉藤の事務所にいた連中ですよ」

成瀬は助手席で言った。

ジャガーの運転席には磯村が坐(すわ)っていた。成瀬は斉藤とまともに目を合わせている。そこで、相棒に車の運転を任せることにしたのだ。

「奴ら、やくざ者だな」

「それは間違いないでしょうね。おそらく関東義友会の者なんだろうな」

「その可能性は高いね」

「磯さん、斉藤の事務所に乗り込みましょうよ。いま、奴はひとりのはずだから」

「いや、斉藤を締め上げるのはまだ早いな。相手は素(す)っ堅気(かたぎ)じゃないんだ。痛めつけても、空とぼけられるかもしれない。斉藤を尾行したほうがいいだろう」

「まどろっこしい気もするが、そうしたほうが賢明だろうな。斉藤が真木さんを監禁してる場所に行くかもしれないですからね」

「そうだな」

　磯村が口を結んだ。

　成瀬はシートの背凭(もた)れに上体を預けた。張り込みは、いつも自分との闘いだった。決して焦(じ)れてはいけない。マークした人物が動きだすのをじっと待つ。それが鉄則だった。焦(あせ)ると、たいてい悪い結果を招く。老猟師のように、気長にひたすら獲物を待つことがベストだ。

　時間が虚(むな)しく流れ、午後九時を過ぎた。

　それでも斉藤は、いっこうに姿を見せない。成瀬はビルの三階を見上げた。斉藤の事務所には灯(あか)りが煌々(こうこう)と点(つ)いていた。

「斉藤はセックス・スキャンダルの主役に仕立てた一流企業の中高年社員たちに脅迫電話をかけまくってるのかもしれないな」

磯村が言った。

「そうなんですかね。そうじゃないとしたら、金で男たちと平気で寝る女に罠の張り方を電話で教えてるんじゃないのかな」

「それも考えられるね」

「斉藤の野郎、早く出て来やがれ」

成瀬は悪態をついて、カーラジオの電源スイッチを入れた。退屈凌ぎに音楽を聴く気になったのである。

ニュースが報じられていた。チューナーをNHK―FMに合わせようとすると、磯村がそれを手で制した。

「成やん、ちょっとニュースを聴かせてくれないか」

「いいですよ」

成瀬は手を引っ込めた。

国会関係のニュースが終わると、男性アナウンサーが少し間を取った。磯村が音量を高める。

「きょうの午後七時過ぎ、江東区東陽六丁目の豊住公園内で男性の絞殺体が発見されました。殺されていたのは東京・目黒区大岡山のフリージャーナリストの真木淳也さん、七十三歳とわかりました。そのほか詳しいことはわかっていません。次は、放火のニュースです」

アナウンサーが、またもや間を取った。

「なんてことだ」

磯村が悲痛な声で呟き、ラジオの電源スイッチを切った。

「おれ、どう慰めていいのか……」

「成やん、遅かったな。あいつは、真木は殺されてしまった。あの男がもうこの世にいないだなんて、信じられない」

「なんか悪い夢を見てるようですね」

「誰がいったい真木を殺ったんだっ。赦せない、絶対に赦せないよ」

「おれも同じ気持ちです。磯さん、二人で犯人を捜し出して、おれたちのやり方で裁きましょうよ」

「そうしようか」

「磯さん、真木夫人に電話をしてみてくれませんか。何か情報を摑めると思うんですよ」

　成瀬は言った。

　返事はなかった。磯村は両腕でステアリングを抱え込み、懸命に涙を堪えていた。震える肩が痛ましい。成瀬はさりげなくジャガーを降り、十メートルほど離れた。ガードレールに腰かけ、セブンスターに火を点ける。

　親しい友人を喪った磯村のショックと悲しみを想うと、成瀬は平静ではいられなくなった。近くで磯村の嗚咽を耳にしたら、きっと貰い泣きしていたにちがいない。

　成瀬は、たてつづけに煙草を二本喫った。その間に、首にまとわりついた蚊を三匹叩き潰した。

　十分ほど経ってから、成瀬はジャガーの助手席に戻った。磯村が慌ててハンカチを上着のポケットに突っ込んだ。

「もう少し外にいたほうがよさそうですね。磯さん、思いっきり涙を流したら？　大人の男だって、ガキみたいに泣きたいときがあります」

「成やん、もう大丈夫だ。いま真木の自宅に電話をかけてみたんだが、綾香さんは不在だった。留守番の女性の話だと、彼女は深川署にいるそうだ」

「そうですか」

「おれもタクシーで深川署に行ってみる」

「それなら、おれがこの車で磯さんを深川署まで送りますよ」

「いや、成やんは張り込みをつづけてくれ。斉藤が誰かに真木を始末させたのかもしれないから、そっちは奴を尾行してくれないか」

「オーケー、そうします」

成瀬は磯村に同行したかったが、優しさの押し売りをする気はなかった。自分の気遣いが相手に重荷になったら、かえって迷惑だろう。

「深川署で何か手がかりを得られるといいんだがね」

磯村が言いながら、ジャガーから降りた。待つほどもなくタクシーの空車が通りかかった。

成瀬はタクシーが走り去ってから、運転席に入った。グローブボックスを開け、変装用の黒縁眼鏡をかける。レンズに度は入っていない。

リストラ請負人がビルから出てきたのは十時数分前だった。

斉藤は四、五十メートル離れた月極駐車場に入っていった。成瀬は駐車場の手前までジャガーを徐行運転させた。

待つほどもなく月極駐車場から、黒塗りのレクサスが走り出てきた。運転しているのは斉藤だった。

成瀬は充分な車間距離を取ってから、レクサスを尾けはじめた。

レクサスは神谷町方面に向かった。旗の台の自宅にまっすぐ帰るのか。

斉藤の車は飯倉交差点を右折し、六本木方向に進んだ。どうやら寄り道をする気らしい。

一流企業の人事部部長からリストラさせたい中高年社員のリストでも受け取るのか。それとも、セックス・スキャンダルの舞台になっているホテルに行く気なのだろうか。

成瀬はそう考えながら、慎重にレクサスを追尾しつづけた。

レクサスは六本木五丁目交差点を左に折れ、鳥居坂に入った。それから東洋英和女学院の手前で脇道に乗り入れ、六階建ての白い磁器タイル張りのマンションの横で停まった。すぐにヘッドライトが消された。

マンションに愛人が住んでいるのだろう。

成瀬はジャガーを路肩に寄せ、手早くライトを落とした。エンジンも切り、静かに車を降りる。早くも斉藤はレクサスから離れ、マンションの表玄関に向かっていた。

成瀬は爪先に重心を置きながら、マンションの前まで走った。斉藤は集合郵便受けの前にたたずんでいた。

六〇一号室のメールボックスの蓋を大きく開け、数通の封書を摑み出した。そのまま馴れた足取りでエントランスロビーに入っていった。

オートロック・システムにはなっていなかった。ほどなく斉藤はエレベーターの中に消えた。

成瀬は集合郵便受けに歩み寄った。

六〇一号のネームプレートを見る。氏家という姓だけしか掲げられていない。

成瀬はエントランスロビーに足を踏み入れた。エレベーターの前まで進んだとき、背後で人の気配がした。成瀬は振り向く前に、首筋に手刀を叩き込まれた。不意討ちだった。腰が砕けそうになったが、後ろ蹴りを放った。

だが、蹴りは空を蹴っただけだった。体ごと振り向くと、見覚えのあるスキンヘッドの男が立っていた。斉藤の事務所から飛び出してきた男だ。

「偽名刺屋、こんな所で何してるんでえ？」

「そっちこそ、何してるんだよ。斉藤に命じられて、このおれを取っ捕まえにきたようだなっ」

「ま、そういうことだ。てめえ、何を嗅ぎ回ってやがる？」

「六〇一号室に斉藤の愛人が住んでるんだろう？　おたく、氏家って名だよな。下の名前はなんていうんだ?」

　成瀬は問いかけた。

　男が目に凄(すご)みを溜(た)め、腰の後ろからリボルバーを摑み出した。ブラジル製のロッシーだ。安物の回転式拳銃(けんじゅう)で、海外の鉄砲店では一挺(ちょう)一万数千円で売られている。

　十数年前、日本人の漁船員がアフリカの南アで数千挺のロッシーを大量に買い込み、遠洋漁船で国内に持ち込もうとした事件があった。摘発前に、すでにロッシーは密輸されていたのだろう。

「ちょっと来な」

　剃髪頭(スキンヘッド)の男が撃鉄(ハンマー)を搔(か)き起こし、成瀬の片腕をむんずと摑んだ。

　成瀬は怯(おび)えた振りをしたが、竦(すく)んではいなかった。これまで荒っぽい男たちに幾度も銃口を突きつけられていた。

　それどころか、相手の拳銃を奪って発砲したことさえある。それも一度や二度ではなかった。成瀬はハワイやロサンゼルスの射撃場(シューティング・レンジ)で各種の拳銃(ハンドガン)や自動小銃(アサルト)を何回となく実射していた。短機関銃(サブマシンガン)も腕が痺(しび)れるほど撃ったことがある。

「おれをどうする気なんだ?」

「いいから、一緒に来な」

男が成瀬の片腕を捉えたまま、大股で歩きだした。

成瀬は逆らわなかった。連れ込まれたのは、数百メートル離れた公園の便所だった。暗い電球が頼りなげに瞬いている。

「おめえ、刑事じゃねえよな」

男が銃口を成瀬の左胸に押し当てた。

「なんに見える?」

「ざけんな。探偵屋か?」

「ま、そんなとこだよ。実は知人の行方がわからないんだ。ひょっとしたら、斉藤が居所を知ってるんじゃないかと思ったわけさ」

「それだけじゃねえんだろうが?」

「どういう意味なんだ、それは?　斉藤は何か危いことをしてるのか」

「斉藤さんのことを呼び捨てにするんじゃねえ」

「おたくは、あの男の番犬らしいな」

成瀬は咄嗟に相手の右手首を摑み、靴の先で向こう臑を蹴った。スキンヘッドの男が呻いて、背を丸める。

成瀬は男の両眼を二本貫手で思うさま突いた。男が動物じみた声を発した。

すかさず成瀬は、相手の金的を膝頭で蹴り上げた。急所だ。的は外さなかった。

男が唸りながら、ゆっくりと頽れた。

成瀬はロッシーを奪い取り、輪胴を左横に振り出した。実包弾は五発詰まっていた。

シリンダーを元の位置に戻し、銃口を男の頭部に押し当てる。

「関東義友会の者だな？」

「おれは何も喋らねえ。堅気が撃てるわけないからな」

「喋れるようにしてやろう」

「てめえ、何する気なんでえ？」

男が身構えた。成瀬は銃把の角で、男の頭頂部を強打した。

頭蓋骨が鈍く鳴り、頭皮の裂ける音も聞こえた。鮮血が盛り上がる。男の頭には、赤い縞模様が生まれた。

「くそーっ」

「次は太腿を撃ち抜いてやろう」

「てめえ、本気なのか⁉」

「口のきき方が気に入らないな」

成瀬は数歩退がると、右の前蹴りを放った。

靴の先は鳩尾(みぞおち)にめり込んだ。空手道では、水月(すいげつ)と呼ばれている急所である。

スキンヘッドの男は体を丸めて、長く唸った。成瀬は相手を蹴りまくった。

男の顔面は、たちまち赤く腫(は)れ上がった。鼻血だけではなく、口からも血の泡を噴(ふ)いている。口の中を切っただけではなさそうだ。多分、内臓が破裂したのだろう。

「まだ粘る気か?」

「もう勘弁してくれ。おれは関東義友会野呂(のろ)組の小森(こもり)だよ。小森篤人(あつんど)っていうんだ」

「やっと素直になったな。斉藤の事務所にいた二人も、野呂組の組員なのか?」

「そうだよ。竹中(たけなか)と菊岡(きくおか)ってんだ。おれたち三人は斉藤さんに頼まれて、高級デートガールの手配をしてたんだよ」

小森と名乗った男が喘(あえ)ぎながら、声を絞り出した。

「そのデートガールたちは一流企業の中高年社員を色仕掛け(ハニートラップ)でホテルに誘い込んで、ファックシーンを撮(と)ってたんだなっ」

「そこまで知ってやがったのか!?」

「やっぱり、そうだったか。斉藤が強引なやり方で何百人かの中高年社員を早期退職に追い込んだこともわかってる」

「あんた、斉藤さんを強請(ゆす)る気なのか? だとしたら、考え直したほうがいいぜ。あの人のバックには関東義友会が控えてるし、関西の親分衆とも親しいんだ」

「別にヤー公なんか怖くない。こっちは捨て身で生きてるんでな。ところで、真木淳也を絞殺したのは誰なんだっ」

「その男は誰なんだ？」

「斉藤が一流企業の中高年社員を汚い罠に嵌めてることを嗅ぎ当てたフリージャーナリストだよ。斉藤に頼まれて、そっちが竹中や菊岡と一緒に真木淳也を拉致して、きょうの午後七時過ぎ、江東区の豊住公園で殺ったんじゃないのかっ」

「おれたちに罪をおっ被せる気なのか！　おれたち三人は誰も殺っちゃいねえよ。第一、真木淳也なんて奴には会ったこともねえ。斉藤さんの口からだって、真木なんて名は一度も聞いたことない」

「そっちが嘘をついてるかどうか、斉藤の前で確かめてやろう」

成瀬は言った。

「このおれを氏家安奈さんの部屋に連れてく気なのかよ⁉」

「そうだよ。安奈って愛人は、どんな女なんだ？」

「そんなことどうだっていいだろうが！」

「答えなきゃ、太腿に一発ぶち込むぞ。威しと思ってたら、後で悔やむことになるだろう。こっちは本気なんだっ」

「くそったれ！　安奈さんは一年前まで国際線のキャビンアテンダントをやってた」

「いくつなんだ？」

「二十六だったかな。ちょっと小柄だけど、マブい女だよ。それに、セクシーだな。斉藤さんが月々百万のお手当を払ってでも独占したくなる気持ちがわかるよ」

「それじゃ、そのいい女を拝みに行こう。立て、立つんだっ」

「おれ、まだ歩りねえよ。頭をかち割られて、さんざん蹴られたんでな」

小森が泣き言を口にした。

「撃たれたいらしいな」

「待て！　撃かねえでくれ」

「早く立つんだな」

成瀬はロッシーを構えながら、二メートルほど後退した。

小森がのろのろと起き上がった。成瀬は先にトイレから出て、すぐに小森の背後に回り込んだ。片手で小森の革ベルトを摑み、銃口を脇腹に密着させる。

「逃げたら、背中を撃ち抜くぞ」

「わかってらあ」

小森がふてぶてしく言い、足を踏みだした。成瀬は小森と肩を並べる形を取った。公園を出て、斉藤の愛人が住むマンションに急ぐ。幸運にも誰とも行き会わなかった。マンションのエントランスロビーにも、人の姿はない。二人はエレベーターで六階に上がった。成瀬はロッシーで小森を威嚇しながら、手製の万能鍵で六〇一号室のドア・ロックを解いた。小森の背を押し、土足のまま室内に押し入った。

玄関ホールから短い廊下が延びている。

その先は十二畳ほどの居間になっていた。その左側はダイニングキッチンになっている。居間の洒落た照明が灯っていたが、誰もいなかった。間取りは1LDKだ。

リビングの右手にある部屋は寝室だろう。ドアは閉まっていた。成瀬は小森を居間に押し入れ、寝室のドア・ノブに手を伸ばした。内錠は掛けられていなかった。

成瀬はノブをそっと回し、ドアを細く開けた。寝室は明るかった。

ダブルベッドの横に、全裸の斉藤が立っていた。なんとリストラ請負人は素っ裸の女を逆さまに抱きかかえ、性器を舐めていた。女のほうも、ペニスをくわえていた。

「女は安奈だな？」

成瀬は小声で確かめた。

小森が黙ってうなずいた。目は異様にぎらついている。アクロバチックなオーラルセックスを見て、欲情を催したのだろう。

「パパ、もう限界よ。血が下がって、頭の血管が破れそう。早くベッドの上に横たわらせて」

安奈が、くぐもった声で訴えた。

「もう少し我慢しろ。おれは、すごく興奮してきたんだ」

「パパ、もっと強くホールドして。わたし、頭から落ちそう」

「おれの頭を両脚で挟みつけろ。そうすれば、体が安定するだろう」

「こう？」

「そう、そう。お喋りばかりしてないで、もっとディープスロートを……」

斉藤が言って、腰を前に突き出した。

成瀬はドアを荒々しく開け放った。斉藤が驚いて、安奈をベッドの上に投げ落とした。

安奈が跳ね、短い悲鳴をあげた。

「撃たれたくなかったら、床に這いつくばれ！」

成瀬は斉藤に銃口を向けた。

小森が斉藤に詫びた。斉藤が舌打ちして、床に這う。

「パパ、その男は何者なの？」

安奈が上体を起こした。小柄ながら、均斉のとれた肉体は熟れていた。乳房はグレープフルーツ大だった。ウエストは深くくびれている。飾り毛はハートの形に刈り揃えられていた。

「しばらく静かにしてろ」

成瀬は言うなり、銃把の底で小森の側頭部を力まかせに叩いた。

小森が体を横に泳がせ、そのまま床に転がった。成瀬は小森を俯せにさせると、ロッシーをベルトの下に差し入れた。近くに二着のバスローブが落ちていた。

成瀬は二本のベルトを抜き取り、小森の両手と両足首をきつく縛りつけた。リボルバーを握り、斉藤のかたわらに片膝を落とす。

「一流企業数十社の中高年社員をセックス・スキャンダルの主人公にして、早期退職に追い込んだ。あんたは元総会屋のリストラ請負人だな」

「な、なんの話をしてるんだ⁉」

「世話を焼かせやがる」

「きさま、何者なんだっ」

斉藤が声を荒らげた。

成瀬はロッシーを左手に持ち替え、斉藤の利き腕を一気に捩上げた。斉藤が女のような悲鳴をあげた。

「小森がもう吐いてるんだ。観念しろって」

「………」

「リストラ請け負いで、いくら稼いだ？　また時間稼ぎする気なら、右腕の関節を肩から外すぞ」

「二億弱だよ」

「フリージャーナリストの真木淳也にダーティー・ビジネスのことを知られたんで、彼を拉致監禁した揚句、誰かに葬らせたんじゃないのかっ。どうなんだ？」

「真木淳也の名前は知ってるが、会ったことないよ」

「案外、粘るな」

成瀬はためらうことなく、斉藤の右腕の関節を外した。

斉藤が凄まじい唸り声を撒き散らしながら、床を転げ回りはじめた。

「おれの前にひざまずいてくれ」

成瀬は安奈に銃口を向けた。

「わたしに何をさせるつもりなの!?」

「あんたのパトロンに屈辱感を与えてやりたいんだ。そうでもしないと、なかなか口を割りそうにないんでな」

「わたしにオーラルプレイをさせる気なのね!?　そんなこと、できないわ」

「やらなきゃ、そっちも痛い目に遭うぞ」

「そ、そんな！　わたしには、なんの関係もないでしょうが」

「運が悪かったと、諦めるんだな。早くしろっ」

「怒らないで！　大声出さないでちょうだい」

安奈は迷いながらも、ベッドから滑り降りた。すると、斉藤が早口で言った。

「安奈、おかしなことはするな」

「パパ、目をつぶってて。逆らったら、わたし、手荒なことをされるのよ。暴力は苦手なの」

「おまえは、このおれを裏切るのか!?」

「仕方ないでしょ」

安奈が成瀬の前に両膝を落とし、チノクロスパンツのファスナーを一気に下げた。馴れた手つきでトランクスの中から男根を摑み出し、根元を断続的に握り込んだ。

斉藤が何か罵って、安奈に背を向けた。成瀬は刺激を加えられているうちに、猛々しくそそり立った。

安奈が亀頭を呑み込んだ。

舌技には少しも無駄がなかった。成瀬は性感帯を的確に愛撫された。吸われ、巻きつかれ、削がれた。一段と昂まる。

「斉藤、なんとか言えよ」

「………」

「そっちがそのつもりなら、こっちも遠慮はしないぞ」

「何をする気なんだ⁉」

「じきにわかるさ」

成瀬は安奈に獣の姿勢をとらせると、後背位で一気に貫く振りをした。

「おい、やめろ！　おれは真木淳也を誰にも殺らせていない。きさまは何か勘違いしてるんだ」

斉藤が言った。

「そうかな?」

「嘘なんかついてない。頼むから、安奈から離れてくれーっ」

「もう無理だよ。ブレーキが外れてしまったからな」

成瀬は抽送する真似をした。斉藤が愛人を詰りはじめた。嘘はついていないようだ。

成瀬は安奈から離れた。

2

チノクロスパンツの前を整える。

成瀬は斉藤を見ながら、冷ややかに笑った。斉藤が目を逸らした。

そのとき、安奈がむっくりと起き上がった。何やら不満顔だった。成瀬にレイプされてもいいと考えていたのか。

「おい、安奈！　今月中に部屋を引き払え。おまえの顔なんか、二度と見たくないっ」

斉藤が憎々しげに喚いた。

「いいわよ。わたしも、ちょっとパパに飽きはじめてたの。その代わり、手切れ金を五百万ちょうだい。いいでしょ？」

「手切れ金をくれだと⁉　ふざけるな。おれの前で他の男に抱かれかけたくせに、よくそんなことが言えるな」

「わたしはスケベなおっさんにずっと玩具にされてきたのよ。パパとは単にお金で繋がってたわけだから、ちゃんと手切れ金は払ってもらうわ」

「一円もやらない」

「パパがそう言い張るんだったら、リストラ請け負いを依頼した一流企業二十七社のリストをマスコミに流すわよ。わたし、いつかパパがお風呂に入ってるとき、ビジネスバッグから雇い主のリストをこっそり抜き出して、スマホで撮ったの」

安奈が言った。

「そ、そんなことをしてたのか⁉」

「ええ。そのリストが表沙汰になったら、二十七社は社会的な信用を失うだろうし、パパはお払い箱よね。リストラの請け負いで二億円近く稼いだんだから、五百万の手切れ金ぐらいはどうってことないでしょうが？」

「おまえは、このおれを脅してるのか⁉」

「パパが手切れ金を出し渋るからよ。ね、どうする？」

「わかった。後日、五百万の手切れ金はくれてやろう。ただし、例のリストを消去しろよ」

斉藤が念を押すように言った。安奈が同意する。

「そのリストは、おれが貰う」

成瀬はリストラ請負人に言った。

「きさま、いい気になるなっ。おれは関東義友会の会長に目をかけてもらってるし、神戸連合会の六代目組長にもかわいがってもらってるんだぞ」

「だから、なんだってんだっ」

「き、きさま、このままで済むと思うなよ」

斉藤が息巻いた。

成瀬は斉藤に近寄り、関節の外れた肩口を靴の底で強く踏みつけた。斉藤が断末魔の叫びに似た声をあげた。それは長く尾を曳いた。

成瀬は足を外し、安奈に顔を向けた。

「雇い主のリストを写したスマホは、どこにあるんだ？」

「リビングボードの引き出しの中よ」

「それを取ってこい」

「あなた、パパを雇った二十七社を強請る気なの⁉」

「いいから、スマホを取ってくるんだ。斉藤がすんなり手切れ金を払わなかったら、おれが二、三千万ぶったくってやるよ」

「ほんとに？　そのほうが得ね。いいわ、盗撮したリストはあなたに見せてあげる」

安奈は全裸のまま、居間に移った。じきに彼女は寝室に戻ってきた。

成瀬は安奈のスマホを受け取って、すぐリストに目を通した。大企業名がずらりと並び、労務担当者名と早期退職者名が付記されていた。

小遣いが欲しいときは、リストに載っている大企業に揺さぶりをかけよう。成瀬は盗撮リストを自分のスマートフォンに送信して、上着の左ポケットに突っ込んだ。

「その盗撮リスト、五百万で譲ってくれ」

斉藤が言った。

「売る気はない。こいつは自分を護る一種の保険だからな。それより、おれにいくら口止め料を払う気がある？」

「口止め料だって⁉」

「そうだ。おれが雇い主の大企業に揺さぶりをかければ、そっちはリストラ請負人でいられなくなる」

「想像以上の悪党だな」

「捨て身になった堅気は、ヤー公よりも怕いぜ。なにしろ失うものがないから、獣にも鬼にもなれる」

「なんて奴なんだ」

「返事になってないな。いくら出す気があるんだっ」

「一千万出そう」

「たったのそれだけか。話にならないな」

「きさま、他人の弱みにつけ込みやがって。わかった、二千万出そう」

「少ないな」

「いくら欲しいんだ？　はっきり言ってみろ」

「三千万で手を打ってやろう。ただし、彼女には二千万の手切れ金を渡してやれ」

成瀬は安奈に目を向けながら、斉藤に言った。

「忌々しいが、仕方ないだろう」

「小切手帳は持ち歩いてるのか？」

「ああ、ビジネスバッグの中に入ってる。実印もな。関節を元通りにしてくれたら、すぐに小切手を切ってやるよ」

斉藤が痛みに顔を歪めながら、腹立たしそうに言った。

「ビジネスバッグはクローゼットの中よ」

「出してくれ」

成瀬は安奈に言って、ロッシーをベルトの下に突っ込んだ。安奈が寝室のクローゼットに足を向けた。

成瀬は斉藤に歩み寄り、利き腕の関節を元通りにした。

斉藤は肩口と右腕をさすりながら、胡坐をかいた。分身は縮こまり、半ば陰毛に埋もれている。不様な姿だった。

成瀬はダブルベッドに浅く腰かけ、ブラジル製のリボルバーを握った。

安奈が黒革のビジネスバッグを斉藤の前に置き、出窓まで退がった。乳房も股間も隠そうとしなかった。斉藤がビジネスバッグから預金小切手帳、万年筆、実印を取り出した。すぐに彼は二枚の小切手を切った。

成瀬はベッドから立ち上がり、左手で二枚の預金小切手を引ったくった。

額面を確かめる。間違いはなかった。

「二千万の小切手は、わたしが貰ってもいいのよね？」

安奈が言った。

「小切手は後で渡してやる」

「後で？」

「そうだ」

「まだ、わたしに何かやらせる気なの⁉」

「ちょっと協力してもらうだけだ。ダイニングキッチンに行って、サラダオイルかオリーブオイルを持ってきてくれ」

「食用油をどうするの？」

「黙って言われた通りにするんだ」

成瀬は二枚の小切手を上着の左ポケットに入れ、ふたたびダブルベッドに腰かけた。

安奈が首を傾げながら、寝室から出ていった。そのすぐ後、小森が弱々しい声で話しかけてきた。

「頭の血がまだ止まってねえんだ。おれは、もう帰ってもいいだろ？」

「もう少しつき合ってもらう」

「おれからも銭を奪る気なのかよ。札入れに五十四、五万入ってるから、そっくりやらあ。だから、もう勘弁してくれねえか」

「そっちから端金をせしめる気はない。ちょっと協力してくれればいいんだ」

「な、何をやらせる気なんだよ？」

「すぐにわかるさ」

成瀬は返事をはぐらかした。

安奈が寝室に戻ってきた。オリーブオイルの壜を手にしていた。成瀬はそれを受け取り、安奈に命令した。

「小森の足首のベルトを外して、下半身を裸にしろ」

「えっ⁉　まさか今度は野呂組の組員とセックスしろと……」

「そうじゃないから、安心しろ。小森のシンボルを大きくしてくれるだけでいい」

「いやよ、わたし」

「やらなきゃ、二千万の小切手はおれが貰うことになるぞ。それでもいいのか？」

「手切れ金は欲しいわ。いいわ、言われた通りにするわよ」

安奈は小森の足許にうずくまり、手早く縛めをほどいた。ベルトに手を掛けると、小森が焦った。

「安奈さん、やめろ。そこに斉藤さんがいるのに、おかしなことはできねえよ。な、そうだろ？」

「逆らわないほうがいいわ」

安奈が言い諭し、スラックスとトランクスを一緒に脱がせた。少し迷ってから、靴下と靴も引き剝がした。

小森の性器は巨根だった。黒光りしている。安奈がペニスをしごきはじめた。

数分経つと、亀頭が膨れ上がった。だが、すぐに萎えてしまう。斉藤の目が気になって、昂まらないようだ。

「しゃぶってやれよ」

成瀬は安奈に声をかけた。

安奈がためらいを見せた。成瀬は安奈を睨みつけた。安奈が観念し、小森の陰茎に官能的な唇を被せた。

小森が気持ちよさそうに呻いた。安奈が舌を閃かせはじめた。

「俯せになって、尻を高く突き出せ！」

成瀬は斉藤にリボルバーの銃口を向けた。

「こ、こ、小森にオカマ掘らせる気なのか⁉」

「そうだ」

「おれは女専門で、そういう趣味はないんだ。おかしなことはさせないでくれ」

「撃たれたくなかったら、言われた通りにするんだな」

「わかった。あと五千万円やろう。だから、もう赦してくれーっ」

斉藤が哀願した。

成瀬は枕を引っ掴み、銃口に嚙ませた。斉藤が泣きそうな顔で腹這いになった。しかし、腰は浮かそうとしない。

「こっちに来てくれ」

成瀬は安奈を呼んで、斉藤の肛門にオリーブオイルを注がせた。

斉藤が尻の筋肉をすぼめた。成瀬は立ち上がり、斉藤の後頭部に枕を押し当てた。すぐにロッシーの銃口を突きつける。

「撃たれたくなかったら、尻を高く掲げるんだな」

「なんてことなんだ。地獄だ、生き地獄だよ」

斉藤が徐々に腰を浮かせた。成瀬は、斉藤の不様な姿を動画撮影した。小森のペニスは萎えていた。アナルセックスは無理だ。

成瀬は二千万円の小切手をサイドテーブルの上に載せ、大股で寝室を出た。そのまま部屋を後にし、エレベーターに乗り込む。

マンションを出たとき、懐でスマートフォンが鳴った。発信人は磯村だった。

「深川署の刑事に探りを入れてみたんだが、ほとんど何も教えてもらえなかったよ。真木は別の場所で絞殺されてから、豊住公園に遺棄されたらしいんだ。しかし、遺体を棄てた奴を目撃した者はひとりもいないという話だったよ。成やんのほうはどうだった?」

「斉藤はシロでしょうね」

成瀬はそう前置きして、経過をつぶさに話した。

「早とちりだったのか」

「斉藤から一千万の小切手をせしめたから、磯さんに半分やります」

「いや、今回は遠慮しておこう。成やん、おれの気持ち、わかってくれるよな？」

「わかります。それじゃ、一千万はおれが貰っときます」

「そうしてくれ。明日、東京都監察医務院で司法解剖が行われるそうだ」

「それじゃ、明日が通夜で次の日が告別式なのかな」

「ああ、そういう段取りになってるらしい。弔問客から何か手がかりを得られるかもしれないから、成やんも通夜には顔を出してくれないか」

「わかりました。奥さんは大丈夫なの？」

「亡骸から離れようとしないんだ。ずっと霊安室に引き籠りっぱなしなんだよ。縁者も深川署に集まったんだが、おれはもう少しこっちにいてやろうと思ってる」

「そうしてやってください」

成瀬は先に電話を切り、意味もなく夜空を仰ぎ見た。

3

遺体はマンションの集会所に安置されていた。

『大岡山エクセレントレジデンス』である。二十畳ほどの和室だった。北枕に寝かされた死者のかたわらには、綾香たち親族が並んで正坐している。部屋の隅には、磯村の姿があった。

成瀬は居合わせた人たちに目礼し、香炉の置かれた台の前に坐った。

そのとき、未亡人と目が合った。泣き腫らした目が痛々しい。悲しみに打ちひしがれた様子だ。

成瀬は型通りの挨拶をして、香を手向けた。

その直後、綾香が嗚咽にむせんだ。そのまま彼女は畳に突っ伏して、泣き声を放った。号泣だった。

身内と思われる六十年配の女性が綾香の肩を無言で抱きしめた。泣き声が一段と高くなった。

成瀬は香炉台から離れ、別室に移った。

そこには、酒と料理が用意されていた。十数人の弔い客が故人を偲んでいた。成瀬は座卓の端につき、セブンスターに火を点けた。

八時過ぎだった。

ふた口ほど喫ったとき、奥の座敷から磯村が出てきた。黒っぽい背広を着ていた。

成瀬は煙草を灰皿の上に置いた。磯村が斜め横に胡坐をかいた。

「ご苦労さん！　ストレッチャーがエレベーターに入らないんで、通夜は一階の集会所でやることになったんだよ」

「そうですか。告別式もここでやるんですか？」

「いや、告別式は洗足池にあるセレモニーホールでやることになってる。遺体は明朝、そのセレモニーホールに搬送されるんだよ」

「そうなのか。住宅事情で最近は自宅で葬儀をやるケースが少なくなりました」

「マンション住まいじゃ、自分の部屋から柩を出すこともできないからな」

「そうですね。ところで、司法解剖で何か新しいことは？」

成瀬は声をひそめて訊いた。

「死因は絞殺による窒息死で、死亡推定時刻は発見時の二時間から三時間前だろうという話だったよ」

「そう。外傷は？」

「両手首に針金による浅い裂傷、それから首に火傷の痕があったそうだ」

「火傷ですか？」

「ああ。高圧電流銃の電極を長く押しつけられたんで、火傷したんだろうということだったよ」

磯村が言いながら、灰皿に視線を落とした。喫いさしのセブンスターは、フィルターの近くまで灰になっていた。

成瀬は煙草の火を消し、磯村に顔を向けた。

「真木さんは監禁されてる間、犯人に秘密をどこまで知ってるか吐けと何度もスタンガンを首筋に押しつけられたんだろうな」

「ああ、おそらくね」

「胃の内容物は、どうだったんです？」

「ほとんど空っぽだったらしい。真木は菓子パン一個、与えてもらえなかったんだろう」

「多分ね。その後、警察は殺害された場所を割り出したんですかね？」

「いや、それはまだなんだ」

「警察は何をやってるんだっ。お巡りたちは国民の税金で喰わせてもらってるんだから、もっと真面目に働いてほしいな」

「同感だね。それはそうと、さっき真木のジャーナリスト仲間が二人来たんだよ。彼らの話によると、真木はリストラ請負人の斉藤のことを調べはじめて間もなく、別の取材に取りかかったというんだ」

「別の取材というのは？」

「彼らも取材内容までは知らないと言ってた。フリージャーナリスト同士は商売仇でもあるわけだから、スクープ種はお互いに明かさないんだろう」

「そうでしょうね」

「彼らの話によると、真木は文英社のために斉藤の取材を中断して、別の取材対象を追っかけはじめてたんじゃないかということだったよ。真木は『世相公論』にちょくちょく寄稿してたから、多分、そうだったんだろう。それに彼は、副編集長の室井護氏と親しかったそうだからね」

「その室井氏は、もう弔問に訪れたんですか？」

「まだ来てない。しかし、きっと来るにちがいないよ。成やん、室井氏がやってきたら、接触してほしいんだ」

「了解！」

「ビールを飲んで、少し鮨（すし）を抓（つま）んでやってくれよ。真木の供養（くよう）だと思ってさ」

磯村が立ち上がり、奥の部屋に戻っていった。

成瀬は伏せてあったコップを上向きにし、卓上のビールに腕を伸ばした。すると、少し離れた席にいた長髪の男が中腰になった。

「ビール、お注（つ）ぎしましょう」

「申し訳ありません、気を遣（つか）ってもらって」

「亡くなられた真木さんとは、ご同業ですか？」

「いや、違います」

「申し遅れましたが、ぼく、若林（わかばやし） 繁（しげる）といいます。フリーの写真家なんですよ」

「そうですか。成瀬です」

「一緒に弔（とむら）い酒を飲ませてもらってもいいですか？」

「ええ、どうぞ」

成瀬は、かたわらの座蒲団（ざぶとん）を軽く押さえた。

若林と名乗った四十歳前後の男がビール壜とコップを手にして、隣の席に移ってきた。どこか気のよさそうな人物だ。

成瀬は先にビールを受け、すぐに若林のコップを満たした。二人は軽くコップを触れ合わせ、ビールを半分ほど飲んだ。

「もう三年ぐらい前になりますけど、ぼく、真木さんと組んで一年間、ある月刊誌で『都会の漂流者たち』という連載ルポをやったんですよ。もちろん真木さんが文章を書いて、ぼくは写真を添えたわけです」

「どんなルポだったんです？」

「さまざまな事情から過去の暮らしを棄てて、都会の片隅で雑草のように逞しく生きてる男女の生活スケッチでした。一度は仏門に入った元商社マンのネズミ退治屋、かつて女性警官だった熟年ヘルス嬢、キックボクサー崩れの用心棒、元大学助教授の客引き、ボランティアで女の駆け込み寺をやってるストリッパーなんかのユニークな生き方を切り取ったルポルタージュだったんです。真木さんの仕事の中では最も軟らかいルポだったと思いますけど、書き手としての姿勢は少しも変わってなかったな。不器用な生き方しかできない者たちに注ぐ眼差しは常に温かく、さりげなく社会批判も込められた文章でした」

「そうですか」

「それで、ぼくはいっぺんに真木淳也ファンになったんです。その後、一緒に仕事をする機会はありませんでしたけど、真木さんのことを人生の師と仰いでたんですよ。なのに、こんなことになってしまって、残念で仕方ありません。犯人の奴を八つ裂きにしてやりたい気持ちです」

「惜しい方を亡くしましたよね。実はわたし、失踪した真木さんの行方を追ってたんですよ。奥さんに頼まれましてね」

「刑事さんなんですか？」

「いいえ、違います。便利屋みたいなことをやってるんですが、時たま失踪人捜しも引き受けるんですよ」

成瀬は言い繕った。

「そうなんですか」

「若林さん、『世相公論』の室井副編集長とは面識がありますか？」

「ええ、よく存じ上げてますよ。『世相公論』のグラビア写真を何度か撮らせてもらったことがありますのでね」

「そうですか。室井さんが見えたら、紹介していただけませんかね。真木さんを見つけ出すことはできなかったわけですが、このままでは気持ちがすっきりしないんですよ」

「そうでしょうね」

「で、個人的に犯人捜しをする気になったんです。素人探偵ですから、どこまで事件の真相に迫れるかわかりませんけどね」

「喜んで協力しますよ。室井さんが弔問にやってきたら、必ずご紹介します」

若林がそう言い、残りのビールを飲み干した。成瀬はすぐに酌(しゃく)をし、煙草をくわえた。

「さっき成瀬さんと話をされてた方は、出版関係の仕事をされてるんじゃありませんか？　ぼく、どこかでお見かけした気がするんですよ」

「作家で、売れっ子ゴーストライターだった磯村暁さんです」

「ああ、やっぱりね」

「磯さんとは飲み友達なんです。それから彼は、故人とは学生時代からの友人なんですよ」

「それじゃ、磯村さんも全共闘運動をやってたんでしょうね」

「ええ」

「やっぱり、そうですか。ぼくも真木さんから、そのころの話はよく聞かされました。一九六〇年代末の闘争は日本共産党が指導してた旧左翼、そして中核派や革マル派など新左翼系に牛耳(ぎゅうじ)られることなく、全国の学生たちが自発的に蜂起(ほうき)したのが特色だと言ってたな」

「そうみたいですね。といっても、リアルタイムでそう感じたわけじゃありませんけど」

「でしょうね。しかし、その後、赤軍派が日航機をハイジャックしたり、連合赤軍リンチ事件が発覚すると、全共闘運動に関わってた学生や労働者たちが連中と同一視されたくないとデモや投石行為を控えるようになったんでしょ？」

「そうらしいですね。全共闘の活動家たちはそれぞれ社会人になったわけですけど、彼らは青春時代の多感なころに社会のシステムの歪みに気づいて、出来上がった秩序をぶっ壊そうとしました」

「ええ、そうですね」

「いまは表面的には冴えない高齢者になってしまったけど、彼らの内面にはいまも荒ぶる魂というか、アウトロー的な考えを宿してるんじゃないのかな。少なくとも、真木さんはアウトロー的な生き方にある種の美しさと潔さを感じてるようでした」

「そうですか」

「しかし、大半の人たちは生活することに汲々として、あの時代の連帯意識や熱気を忘れてしまったのかもしれません」

「物質的な豊かさや安定を求めると、どうしても人間は自分を殺し、他者と妥協せざるを得なくなりますからね」

「おっしゃる通りだな。ある面では、熱い連帯感を分かち合えた全共闘世代は羨ましいですよ。ぼくと同世代の連中が手を取り合って、世の中を変えてやろうなんてことはないですからね。そんな幻想を追いかけるよりも、自分の生活をエンジョイしたいと考えてる奴が圧倒的多数だから」

「六〇年安保世代は全共闘世代の熱気を理解できるでしょうが、七十代未満の者にはわからないと思います」

成瀬は言って、短くなった煙草の火を消した。

そのとき、受付に四十二、三歳の知的な風貌の男が近づいた。濃い灰色のサマースーツ姿だった。

「彼が『世相公論』の室井さんですよ」

若林が小声で告げた。

「紹介していただくのは、後で結構です」

「ええ、そのほうがいいでしょう」

「よろしくお願いします」

成瀬は若林に言って、室井の動きを目で追った。

室井は弔い酒を飲んでいる者たちに目礼すると、奥の部屋に消えた。成瀬は若林と自分のコップにビールを注いだ。

室井が遺体のある部屋から出てきたのは、およそ十五分後だった。うつむいていた。涙を他人に見られたくないのだろう。

「室井さん」

若林が呼びかけ、静かに立ち上がった。すぐに成瀬も腰を上げた。室井が会釈して、足早に近づいてきた。

「室井さん、ご紹介します。こちらは成瀬さんとおっしゃって、真木さんの行方を追ってた方です」

若林が言った。

成瀬は名乗って、肩書のない名刺を室井に手渡した。室井が自分の名刺を差し出す。

「さきほど若林さんにも申し上げたのですが、個人的に真木さんの事件を調べつづけたいと思っているんですよ」

成瀬は名刺を受け取ってから、室井に言った。

「そうですか。とりあえず、坐りましょう」

「ええ」

二人は座卓を挟んで向かい合った。若林も座蒲団に腰を戻し、室井にビールを注いだ。

「早速ですが、真木さんを殺害した犯人に心当たりはありますか？」

成瀬は問いかけた。

「これといった人物は思い当たりませんが、わたしが真木さんに取材をお願いしたことと事件はリンクしているのかもしれません」

「どんな取材を真木さんに頼んだんです？」

「まだマスコミはどこも報じてませんが、わたしは知り合いから詐欺の疑いのある事件情報を入手したんです。それで、真木さんに真相を探（さぐ）ってほしいと取材をお願いしたんですよ。そして当社発行の『週刊エッジ』にまずスクープ記事を書いてもらって、『世相公論』に事件の全容を六十枚でまとめてもらうことになってたんです」

「もう少し具体的に教えていただけますか？」

「わかりました。全共闘運動の活動家だった七十代の男が独身の同世代の男女二百数十人に自給自足の共同体（コミューン）の建設を呼びかけて、それぞれ一千万円を出資させたんです。総額で、およそ二十三億円です。その男は那須高原近くの原野を出資者たちにコミューン建設予定地だと言って見せたらしいんですが、そこは建築物の造れない場所だったんですよ。地主に土地代金の手付金も渡してあるという話も真っ赤な嘘でした」

「ひどい話だな」

「ええ、まったくね。全共闘世代も、いまや七十を超えてます。いろんな事情で独り暮らしをしてきた男女も老後のことを考え、同世代による共同体建設の計画には心が動いたんでしょう。それぞれに個室が与えられ、有機農法による野菜作り、果樹園、養鶏などで理想郷を築こうというキャッチセールスだったわけですから、賛同者が二百数十人も出てきても不思議ではありません。しかし、呼びかけ人は出資金が集まると、第三者を使って全額引き下ろして、雲隠れしてしまったんですよ」

「その呼びかけ人の名は？」

「見沢貞夫です。七十三歳で、西北大学の政経学部を三年で中退して、その後、革新系政党の機関紙の編集に二十年ほど携わってたんですよ。しかし、急にその仕事を辞めてしまったんです」

　室井が言って、ビールをひと口飲んだ。

　磯村と真木淳也も確か同じ大学だった。二人とも全共闘運動を通じて、見沢という男と面識があったにちがいない。

　成瀬はそう推測した。

「政党から遠ざかったことは間違いないんですが、その後、見沢がどんな暮らしをしていたのかはわかりません。それから二度離婚してることもはっきりしてるんですが、現在の住所は不明です」

「そうですか。真木さんは、見沢のことは学生時代から知ってたんでしょ？　大学が同じですし、故人も全共闘運動に関わってたそうですから」

「ええ、その通りです。真木さんは共通の知り合いに片っ端から電話をかけて、見沢が首都圏のホテルやウィークリーマンションを転々としてることを突きとめたんです。そして見沢に声をかけたということでしたが、二人がどんな遣り取りをしたのかは不明です。押し問答をした末に、見沢は急に真木さんを殴り倒して逃走したそうです」

「その後、真木さんは見沢の居所を突きとめたんですかね？」

「そのあたりのこともわからないんですよ」

「室井さんは真木さんから写真のネガとか録音音声のメモリーの類を預かってます？」

「いいえ、どちらも預かっていません」

「そうですか。話が前後しますが、見沢に一千万円ずつ騙し取られた二百数十人の被害者は警察に被害届を出したんでしょうかね？」

「まだ出してないと思います。被害届を出してれば、見沢が出資金の約二十三億円を持ち逃げしたことが新聞やテレビで派手に報じられるはずですので」

「そうか、そうでしょうね。なぜ被害者たちは刑事告訴しないんだろう？」

「これは個人的な推測ですが、被害者たちと見沢は同世代ですから、ベビーブーマー世代特有の仲間意識が強いんだと思います。だから、見沢が改心するかもしれないと考え、まだ被害届を出すのをためらってるんではないでしょうか」

「それぞれが一千万円ずつ騙し取られた疑いが濃いのに、そこまで寛大になれるもんだろうか」

「彼らはライバル意識を燃やしていても、連帯感が驚くほど強いようですよ。他の世代には、決して見られない特異な結びつきなんでしょう」

室井が言って、またビールをちびちびと飲んだ。あまりアルコールには強くないのだろう。

「室井さん、今夜は真木さんを偲（しの）びましょう。ビール、ぐっと空けちゃってください」

若林がビールの壜を摑み上げた。

「そうしたいところなんだが、今日は校了日なんだ。会社に戻って、ゲラを読まなきゃならないんだよ」

「そういうことなら、引き留めるわけにはいかないな」

「明日の告別式にも出るから、そのあと真木さんを改めて偲ぼう。申し訳ないが、今夜は先に……」

室井が腰を浮かせ、あたふたと歩み去った。

「成瀬さんは、まだつき合ってくれますよね？」

「ええ、いいですよ」

成瀬はビールを一息に喉に流し込んだ。

差しつ差されつ五本のビールを飲んだ。成瀬は尿意を覚え、トイレに立った。用を足して手を洗っていると、磯村がトイレに入ってきた。

成瀬は文英社の室井から聞いた話を相棒に伝えた。

「見沢貞夫のことなら、よく知ってるよ。なかなかの理論家だったが、行動は矛盾だらけだったね。そうか、真木は見沢が犯したかもしれない詐欺事件を取材してたのか。だとしたら、見沢に葬られたとも考えられるな」

「その可能性は否定できませんよね？」

「ああ。それにしても、見沢は悪知恵が回るな。われわれの世代は、共同体に憧れを持ってるんだ。そういうロマンティシズムを餌にして、一千万円もの大金を二百数十人から騙し取るなんて卑劣すぎる。絶対に赦せないな」

「そうですね。見沢は塒を転々と変えてるようだが、磯さん、昔の活動家仲間たちに呼びかけて、隠れ家を突きとめられないかな」

「ひょっとしたら、有力な手がかりを得られるかもしれない。早速、旧友たちに呼びかけてみるよ。成やん、自然が呼んでるんだ。ひとまず話を中断させてもらうぞ」

磯村が言いながら、小便器に駆け寄った。

成瀬は苦笑して、トイレを出た。

4

待ち人が現われた。

磯村が片手を高く掲げた。七十年配の小太りの女性がテーブル席に近づいてきた。

共同体建設の計画に賛同し、一千万円の出資金を騙し取られた被害者だ。服部規子という名で、磯村の大学の二年後輩だという。

新宿駅の近くにあるビア・レストランだ。

成瀬は手にしていた黒ビールのグラスを卓上に置き、居住まいを正した。真木の告別式のあった翌日の午後六時半過ぎである。

磯村が昔の活動家仲間に電話をかけまくり、服部規子が従弟の元刑事に見沢の行方を追わせているという話を聞き出し、会う段取りをつけてくれたのだ。

「磯村先輩、そちらの方が電話でおっしゃってた成瀬さん？」

　規子が立ち止まるなり、のっけから訊いた。

「そうだよ。元スタントマンだから、筋骨隆々としてるんだ。機会があったら、一度、裸を見せてもらえよ」

「いやね、先輩ったら」

「好みのタイプなんだろ？」

「ええ、まあ。でも、年齢差がありすぎます。わたしは、もう七十一ですもの」

「何を言ってるんだ。年齢差なんて関係ない」

「冗談ですけど、磯村先輩、恋のキューピッド役を引き受けてくれます？」

「いつでも引き受けるよ」

　磯村が真顔で言い、規子を自分のかたわらに坐らせた。規子が黒ビールとフランクフルト・ソーセージを欲した。

　成瀬はすぐに立ち上がり、チケットを買い求めた。チケットをウェイターに渡し、円いテーブル席に戻った。

　ショットスタイルの店だった。若いサラリーマンやＯＬで賑わっている。

「真木先輩のお葬式には出席しなかったけど、わたし、家で冥福を祈ってたんですよ。彼は、わたしの憧れの男性だったから」

「きみも真木に惚れてたのか。あいつは女子学生たちにモテてたからな」

「そうですね。わたしね、好きだってことを告白できなくて、集会のとき、できるだけ真木先輩のそばにいたんです。いつか熱い想いが彼に伝わってほしいと願いつつね。でも、彼は活動のことで頭がいっぱいみたいで、わたしの片想いにはまったく気づいてくれませんでした」

規子が寂しげに笑い、バッグからラークマイルドを取り出した。そのとき、黒ビールとオードブルが運ばれてきた。

「ものすごく早いのね。感心、感心！」

規子がウェイターに言って、黒ビールのグラスを軽く掲げた。成瀬たち二人もグラスを軽く浮かせた。

規子が黒ビールをおいしそうに半分近く一息に飲み、満足げに笑った。

「夏は、やっぱりビールね」

「よかったら、どんどん飲んでくれ。それから、オードブルも追加注文してよ」

「ええ、いただきます。それにしても、磯村先輩がトラブルシューターみたいなことをやってるとは意外でした」

「トラブルシューターなんてカッコいいもんじゃないよ。おれは成瀬君とコンビを組んで、示談屋、便利屋、探偵の三つをミックスしたような半端仕事をしてるんだ。風の便りで知ったと思うが、元AV女優の告白本で筆禍事件を起こして、代筆の依頼が途絶えちゃったんだよ」

「ええ、それは耳に入っていました。それから、小説で勝負をするという話もね」

「おれなりに頑張って、何編か長編を書いてみたんだよ。しかし、どこも版元が乗ってこなかったんだ。おれのセンスは時代に適ってないんだろうな。要するに、書いたものに商品価値がなかったわけだよ。文芸出版だって、ビジネスだからね。売れそうもない小説なんか出してもらえないさ」

「もう筆を折ってしまったんですか？」

「別に筆を折ったわけじゃないんだが、ここしばらくは……」

「そうなんですか。先輩には文才があるんだから、ずっと書きつづけてほしいな。いつか必ずビッグチャンスが訪れますよ」

「おれの話はこれくらいにしよう」

「わたし、磯村先輩を傷つけるようなことを言ってしまいました？　詩人とか小説家は感受性が並の人間の何十倍も豊かで、デリケートだって言うから」

「多くの人たちがそう思ってるようだが、それは買い被りってやつだよ。物を書いてる人間はおれを含めて、たいがい神経が図太いんだ。少なくとも、売文業者に本当に繊細な神経の持ち主なんていないよ」

「そうなんですか。とにかく、先輩は書きつづけてくださいね。いま筆を折ったら、絶対にもったいないですよ」

「なんか話が脱線してしまったな。本題に入らせてもらうよ」

磯村が黒ビールで喉を湿らせた。

規子の顔つきが険しくなった。一千万円を騙し取った相手に対する憎しみと怒りが蘇ったのだろう。成瀬は煙草の火を点け、磯村と規子を等分に見た。耳をそばだてる。

「きみの従弟の元刑事は現在、警備会社に勤めてるという話だったね？」

「ええ、そうです。従弟はわたしの話を聞いて、義憤から見沢貞夫のことを調べてくれたんです。見沢は革新系政党の機関紙の編集をやってるとき、印刷会社と結託して、印刷代を水増し請求させ、浮いた分を着服してたらしいの」

「それが発覚したんで、あいつは仕事を辞めざるを得なくなったのか」

「ええ、そうみたい。その後、見沢がどうやって生計を立てていたのかはわからないという話でした。ただ、彼は全共闘運動の仲間たちをちょくちょく訪ねて、『このまま終わりたくない。何か花火を派手に打ち上げてやる』と言ってたそうよ」

「まさか共同体（コミューン）建設を餌にした詐欺が花火じゃないよな？」

　磯村が微苦笑して、規子を直視した。

「何か根拠があるわけではありませんけど、見沢貞夫は社会を混乱させる気でいるんじゃないかしら？　わたし、なんとなくそう思えてきたんです」

「混乱というと、真っ先にテロリズムが浮かぶな」

「見沢は全共闘運動では結局、社会変革は果たせなかったんで、過激な手段で体制を揺（ゆ）るがせる気になったんじゃありませんか。体が動かなくなるほど老（お）いたら、捨て身で何かをすることもできなくなるでしょ？」

「それはそうだが、見沢だって過激派の闘争が惨（みじ）めな結果に終わったことは知ってるはずだ。ハイジャックや爆弾テロでは社会の秩序は崩せなかった。いまさら過激な闘争を仕掛ける気にはならないと思うがな」

「見沢は、自分の人生がくすんだまま終わってしまうことに耐えられなくなったんじゃありませんか？　彼は学生時代、集会でカッコいいアジテーターでしたよね」

「そうだったな。見沢の声はよく通ったし、間（ま）の取り方なんかもうまかった。ノンポリのまま社会人になることは罪深いのかもしれないと思わされて、われわれの手で理想的な社会を築き上げなければという使命感に駆られた」

「ええ、そうでしたね。わたしなんか根が単純だから、見沢のアジ演説に酔ってしまって、あいつの言葉をメモったりしてたんです。あのころから、見沢には詐欺師の要素があったんでしょうね。それに早く気づいてれば……」

規子が自嘲的に笑い、フォークをフランクフルト・ソーセージに突き立てた。成瀬は、長くなった煙草の灰を指先ではたき落とした。

「きみは、見沢が持ち逃げしたおよそ二十三億円は闘争資金に充てられるんじゃないかと思ってるんだな？」

磯村が確かめ、ショートホープをくわえた。

「ええ、そうです。従弟の報告によると、見沢は失業中の昔の仲間たちには景気よく奢ってたらしいんですよ。会社をリストラされたり、事業に失敗したベビーブーマーたちはそれぞれ理不尽な目に遭ったりして、いたずらに負の感情を増大させてると思うんです」

「だろうね。憎悪や恨みは暗いエネルギーの源になる。厭な言葉だが、見沢は負け組になってしまった昔の仲間たちを唆して何か反社会的な凶行を企んでるんだろうか」

「わたしは、そんな気がして仕方がないんです」

「女の勘はよく当たるというから、きみの第六感を無視しないほうがよさそうだな。それはそうと、例の一千万円はまさか現金で見沢に手渡したわけじゃないんだろう？」

「見沢に指定されたＵＲＳ銀行の渋谷支店に振り込みました」

「指定口座名は？」

「ユートピア建設実行委員会です。出資という形をとると、法律に触れるとかで、わたしたち二百三十一人は全員、寄付という名目で振り込まされたんです。後日、ユートピア建設実行委員会名で領収証が郵送されてきましたが、それには発起人の見沢貞夫の名は記されていませんでした」

「その時点で、怪しいと思わなかったんですか？」

成瀬は会話に割り込んだ。

「わたしは、ちょっとおかしいと思ったわ。同じように一千万円を出資した人たちからも不審の声はあがったの。だけど、わたしたちは全共闘運動に青春のエネルギーをぶつけ合った仲間という意識が強かったから、まさか見沢が詐欺目的でコミューン建設の計画を持ちかけてきたとは考えなかったのよ。人間が甘いんでしょうね」

「無防備すぎたな、少々」

「ええ、そうね。いまは反省してるわ。ずっと独身を通してきたから、男性には割りかし警戒心を持ってたのよね。何人かの妻子持ちともつき合って辛(つら)い思いもしてきたから、人間には裏表(うらおもて)があることもわかってたの。だけど、同じ方向をめざして全力疾走してた昔の仲間にはコロッと騙されちゃったのよ。見沢を疑うと、自分の青春が汚れてしまうような気がしたんで……」

「ほかの二百三十人の方たちも、あなたと似たような気持ちだったんでしょうね？」

「ええ、大多数がね。だから、なかなか刑事告発に踏み切れなかったの。でも、来週早々にわたしたちは警察に被害届を出すことになったのよ」

「そうすべきでしょうね」

「ほかのメンバーのことは知らないけど、騙し取られた一千万は大事な大事な虎の子だったのよ。数十年かけて、やっと貯(た)めたお金だったの。一応、定年まで働いたんだけど、退職金は多くなかったのよ。だから、厚生年金だけでは生活できないので、何かアルバイトをしたいの。でも、景気が大きくは上向きそうもないから、働き口はなかなか見つからないでしょうね。この先のことを考えると、なんか不安だわ」

規子が長嘆息(ちょうたんそく)して、黒ビールを口に含んだ。

「成(なる)やん、ちょっといいかな」

磯村が断ってから、規子に問いかけた。

「指定口座に振り込まれた二十三億、正確には二十三億一千万円ということになるが、その金はメガバンク、地銀、信用金庫に散らされ、複数の人間によって半月ほどの間にそっくり引き下ろされたという話だったね？」

「ええ、そうです。二十五の口座はすべて架空名義だったんです。従弟が各金融機関を回って、見沢に雇われて大金を引き下ろした人たちのことを探ってくれたんですけど、結局、その連中の身許はわからなかったんですよ」

「そうか」

「従弟は首都圏のホテルやウィークリーマンションを虱潰しに当たってくれたんだけど、結局、見沢の隠れ家はわからなかったの」

「見沢の出身地は、確か神奈川県だったよな？」

「ええ、横浜市港北区の日吉本町に実家があります。わたしの従弟は見沢の実家にはもちろん、別れた奥さんたちのところにも何度も足を運びました。だけど、見沢の潜伏先は誰も知らなかったの。そこで従弟は、首都圏の美容整形外科医院を一軒ずつ回ったんです」

「きみの従弟は見沢が顔を変えて、逃亡生活に入るかもしれないと判断したわけだ？」

「そうです。そうしたら、大塚にあるクリニックで見沢らしき人物が顔の黒子（ほくろ）と疣（いぼ）の切除手術を受けたことがわかったの」

「見沢本人かどうかはわからなかったというのは？」

「わたし、見沢の写真なんか一枚も持ってないから、従弟には彼の特徴だけを教えたんですよ」

「なるほど、そういうことか。黒子や疣の切除手術なら、確か健康保険が使えるはずだ。見沢と思われる男は保険証を大塚のクリニックで提示したんじゃないだろうか」

「ええ、その男は馬場壮一（ばばそういち）という人物の国民健康保険証を使ったというの。その彼はフリーのイラストレーターとかで、見沢の高校時代の同級生だったの。従弟は馬場氏の自宅にも行ったんです」

「馬場という男は保険証を見沢に貸したことをあっさり認めたのかな？」

「ええ、三十万円の謝礼に目が眩（くら）んでね。従弟が訪ねた前日、馬場宅にフリージャーナリストが来たと言ってたそうよ」

「そのフリージャーナリストは、きっと真木淳也にちがいない」

「従弟はフリージャーナリストの名前まで訊かなかったらしいけど、多分、真木先輩だと思います」

「ほぼ間違いないだろう。真木はきみの従弟と同じように考え、美容整形外科医院を回ったんだろうな。そして、見沢が高校時代の友人の保険証を使って黒子と疣の切除手術を受けた事実を知った。それで彼は、馬場という男を訪ねたんだろう」

「見沢がそのことを知って、真木先輩を絞殺した？」

「実行犯は別人だと思う。見沢は犯罪のプロに真木を拉致監禁させ、その後、口を封じさせたんだろう」

「そうなんでしょうか」

「大塚のクリニックの名は？」

「唐木美容整形クリニックです。駅前にあるそうですよ」

「馬場の自宅の住所は？」

「正確な所番地は憶えてませんけど、東急東横線の武蔵小杉駅のすぐ前にある高層マンションに住んでるという話でした」

「そう。馬場という奴に会えば、見沢の潜伏先がわかるかもしれないな」

「磯村先輩、見沢を見つけたら、どうするんですか？」

「奴が誰かに真木を殺させたんだとしたら、半殺しにしてやる。その先のことは何も考えてないんだ」

「とことんぶちのめしたら、見沢を警察に引き渡してください。お願いします」

規子が言って、頭を垂れた。

磯村が無言でうなずき、煙草の火を揉み消した。規子は黒ビールを二杯飲むと、先に店を出ていった。

成瀬は懐からスマートフォンを取り出し、唐木美容整形クリニックのホームページにアクセスした。クリニックに電話をかけると、女性看護師が受話器を取った。

「深川署の刑事課の者です。唐木先生に替わっていただけますか？」

成瀬は刑事を装った。

「ご用件をお聞かせください」

「ある殺人事件の被疑者に関することで、ちょっと確認したいことがあるんですよ」

「わかりました。少々、お待ちください」

相手の声が途切れた。ややあって、中年男性の声が耳に届いた。

「唐木です。警察の方だとか？」

「深川署の中村です」

成瀬は、ありふれた姓を騙った。

「殺人事件の被害者というと、フリージャーナリストの真木淳也さんのことですね？」

「ええ、そうです。真木さんは馬場壮一の黒子と疣の切除手術のことで、そちらを訪れたんですね？」

「はい。馬場という患者が悪質な詐欺事件に関与している疑いがあるという話でしたので、現住所を教えたのですが、いけませんでしたか？」

「いいえ、別に問題ありません。真木さんは、馬場の顔写真を持って先生のクリニックを訪ねたんですか？」

「ええ、そうです。スナップ写真でしたがね。それで真木さんは、馬場が黒子と疣の切除手術を受けに来なかったかと……」

「そうですか」

「馬場が真木さんを殺害したんですか？　テレビニュースで真木さんが絞殺されたと知って、びっくりしました。わたし、真木さんの本を何冊か読んでたんですよ。優秀なノンフィクション・ライターでしたのに、とても残念です」

「先生、妙なことをうかがいますが、真木氏は写真の男のことを最初っから馬場壮一と呼んでました？」

「いいえ。最初は写真の男のことを見沢、ええ、見沢貞夫ではないかと言ってましたね。わたしが保険証の名を確かめて、馬場壮一さんでしょと訊き返したら、見沢は偽名だと答えました」

唐木が言った。

「刑事さん、もしかしたら、見沢貞夫という男が馬場さんの国保を使って、黒子と疣の切除手術を受けたんでしょうか？」

「それは考え過ぎだと思います」

「そうでしょうか」

「先生、真木さんはほかに何か言ってませんでした？」

「日帰りの手術だったことを確かめた後、馬場さんの自宅の住所を確認させてほしいと言って、診察者カードを見せてもらいたいとおっしゃっただけです」

「そうですか」

成瀬は馬場の自宅マンションの所番地を探り出したい衝動に駆られたが、訝しがられると思い、早々に電話を切った。

唐木との遣り取りを相棒の磯村に伝え、すぐにビア・レストランを出る。ジャガーは近くの有料立体駐車場に預けてあった。

二人は車で武蔵小杉に向かった。

目的のマンションを探し当てたのは、およそ一時間十五分後だった。幹線道路が割に混んでいたのである。成瀬は車を裏通りに駐め、馬場の住むマンションに急いだ。彼は腰の後ろにロッシーを差し狭んであった。

馬場の部屋は九〇三号室だった。

インターフォンを押すと、いきなりドアが開けられた。青いバンダナを巻いた年配の男が姿を見せた。

「馬場壮一さんですね？」

磯村が確かめた。

「そうです。あなた方は？」

「調査関係の仕事をしてる者です。あなた、自分の国保の保険証を高校時代の級友だった見沢貞夫に貸しましたね？　三十万の金と引き換えに、見沢はあなたになりすまして、大塚の唐木美容整形クリニックで黒子と疣の切除手術を受けた。そうですね？」

「何を言い出すんだっ。失礼じゃないか」

馬場が気色ばんだ。成瀬はベルトの下からブラジル製のリボルバーを引き抜き、馬場の腹部に銃口を突きつけた。

「騒いだら、風穴があくぞ」

「そ、その拳銃は⁉」

「真正銃だよ。見沢貞夫の隠れ家を喋ってもらおうか」

「見沢の奴は何か悪いことをしたのか？　こないだもフリージャーナリストが訪ねてきたんだ。それから、元刑事という男もね。見沢は、いったい何をやらかしたのかな」

「その前に確認させてくれ。フリージャーナリストというのは、先日、殺された真木淳也のことだな？」

「そうだよ。今度は、そっちが質問に答えてくれ。見沢は爆弾テロでも……」

「なぜ、そう思ったんだ？」

「あいつ、近いうちにでっかい花火を打ち上げると言ってたんだよ。だから、そう思ったんだ」

「見沢は共同体を建設しようと全共闘時代の仲間たちに呼びかけて、二百三十一人から一千万円ずつ騙し取ったんだよ。被害総額は二十三億一千万だ」

「嘘だろ⁉」

馬場の声が裏返った。成瀬は撃鉄をゆっくりと掻き起こした。

「事実だよ。見沢は大口の詐欺を働いただけじゃなく、誰かに真木淳也を殺らせた疑いが濃厚なんだ」

「あいつが、なんだってそんなことを⁉」

「見沢は騙し取った金で何か危いことをやる気でいるようなんだ。見沢の居所を教えてもらおうか」

「わからないよ。貸した保険証を返してもらってから、一度も会ってないんだ。もしかしたら……」

「言い澱まないで、最後まで言え！」

「見沢の奴、別れ際に瀬戸内海の小さな島を別荘付きで買ったと言ってたんだ。香川県の小槌島の近くにある周囲五百メートル弱の島だと言ってたよ。大阪の実業家のプライベートアイランドを格安で譲ってもらったと言ってた。あいつが潜伏してるのは、その個人所有の小島かもしれないね。悪さしてるんだったら、他人の名義でその島を買ったんじゃないかな」

「その島は、小槌島の近くにあると言ってたんだな？」

「ああ、そう言ってたよ。現地に行けば、きっと見つかるだろう」

「見沢に余計なことを喋ったら、あんたを撃ち殺しに来るぞ」

成瀬は撃鉄を静かに押し戻し、磯村に目配せした。二人は相前後して、九〇三号室から離れた。

エレベーターホールにたたずむと、磯村が口を開いた。

「明日、香川県に行ってみよう」

「おれもいま、同じことを言おうと思ってたんですよ」

「そう。成(なる)やんとおれは息が合ってるんだろう」

「ええ、多分ね」

成瀬は磯村と顔を見合わせ、口許を緩(ゆる)めた。

第三章　狙われた全共闘世代

1

夕陽が海に沈んだ。

香川県の木沢湾沖である。海は凪いでいた。右手前方に小槌島が見える。

成瀬は磯村と遊漁船に揺られていた。

二十人乗りの勇三郎丸は、だいぶ老朽化している。ところどころペンキが剝げ落ちていた。

成瀬たちは勇三郎丸を木沢湾でチャーターし、以前は大阪の実業家が所有していた小島に向かっていた。地元の人たちは、その島を天神島と呼んでいるようだ。実業家の姓をそのまま冠したという話だった。

「天神島を買い取った人物は、どこの誰なんです？」

成瀬は、操舵室にいるスポーツ刈りの船長に問いかけた。船長は四十五、六歳で、潮灼けした顔が逞しい。

「東京の人間が買い取ったという噂やけど、詳しいことは知らんわ。けど、島の中央にある建物には十人前後の男たちが住んどるようやで。別荘として使われてるんやのうて、何かの合宿所なのかもしれんね」

「合宿所？」

「そうや。天神島の横を抜けて沖に出る漁船が多いんやけど、地元の漁師が島から男たちの掛け声が聞こえたと何人も言うとった。それで先日、地元の者が気味悪ごうて、海保に通報したんだわ」

「それで？」

「海保のヘリが天神島の上空を旋回したり、警備艇が桟橋に横づけされたりしとったね。けど、何事も起きんかったから、別に不穏な連中じゃなかったんやろう」

「船頭さんは、男たちの姿を見かけたことがあるのかな？」

「何度か見かけちょるわ。浜で朝、よう釣りをしとるけんな。けど、釣りは下手やね。あれや、アイナメかマコガレイぐらいしか釣れんやろ。島の西側はええ磯場になっとるんやけど、そこには蛸や雲丹がおる。けど、磯辺には行ってないようや。連中は海や魚に疎い都会の人間やな」

「食料なんかどうしてるんでしょうかね？」

「二、三日置きに木沢湾に来て、スーパーで買い溜めしとるようやな。この船で沖から戻るとき、スーパーの袋を積み上げたランナバウトをよう見かけるわ」

「ランナバウトというのは、高速モーターボートのことですね？」

「そうや。ごっついスピードが出るんよ。じゃが、島におる男たちは操船が下手やね。おそらく誰も四級船舶の免許を持っとらんのやろう。操船そのものは難しくないんや。その気になれば、中学生の坊主でもモーターボートは動かせる。けど、ちょっと波浪が高うなったら、やっぱ技術はいるわな」

　船頭が言いながら、舵輪をわずかに左に切った。

　成瀬は視線を延ばした。目的の天神島が近づいてきた。

小さな砂浜の向こうには防風林があり、桟橋も見えた。舫われているのはランナバウトだろう。白い船体にマリンブルーの横縞が入っている。

　樹木がうっそうと繁り、家屋は見えない。

「もう少し暗うなってから、桟橋に接舷したほうがええんやないか。あんたら、怪しまれたら、危険な目に遭うかもしれんで」

「そうですね。それじゃ、船頭さん、もう少し沖に出てからUターンしてください。そうしてるうちに夕闇が濃くなるでしょ?」

「そうやな。なら、もう少し沖に出よか」

「お願いします」

成瀬は操舵室から離れ、海面をぼんやりと眺めている磯村のかたわらに腰かけた。

「そんなふうに物思いに耽ってると、悩める知識人って感じだな。実際、磯さんは知性豊かだしね」

「からかうなって。長く生きてきたのに、知らないことだらけだよ。わかったのは、人間は誕生と同時に死に向かって歩いてるってことだけだ。人間以外の動物は、そのことを自覚してるんだろうか。子供のころから、それをずっと知りたいと思ってたんだが、象や猿とは言葉が通じない」

「やっぱり、磯さんはインテリだな。おれ、そんなこと、一度も考えたことありませんよ。ほかの動物も命には限りがあるってこと、なんとなくわかってるんじゃないのかな。下等動物はともかく、チンパンジーや犬は自覚してるような気がするな」

「そうなのかもしれないね。チンパンジーも犬も時々、哀しそうな目をする。きっと命の儚さを知ってるにちがいない。そう考えると、すべての生命体に愛しさを感じるね」

「そんなふうに考えたら、ビーフステーキも鯛の刺身も喰えなくなるだろうな。磯さん、これからは菜食主義者になります？」

「そこまではなれないな。肉も魚も嫌いじゃないからな。牛や豚、それから魚介類に感謝しながら、もう少し人間業をつづけさせてもらうよ」

「もう少しじゃないでしょ？　おれたちはアナーキーに図太く生き抜いて、もっともっと下剋上の歓びを味わわなきゃ。磯さん、変に枯れないでくださいよ」

「なんだかよくわからないが、一応、納得したことにしておこう」

「磯さん、物事はあまり深く考えないほうがいいですよ。単純に考えたほうが何かと生きやすいと思うな」

「その通りなんだろう」

磯村が、しみじみとした口調で言った。

勇三郎丸は天神島の横を通過し、微速で沖に向かっていた。はるか遠くで貨物船の舷灯が瞬いている。トパーズ色だ。

漁火は見えない。まだ時刻が早いのだろう。

「船頭さんとおれの遣り取り、聞こえてましたよね？」

「ああ」

「天神島にいる十人近い男たちは、見沢が集めた失業中の昔の仲間なんじゃないのかな。磯さん、どう思います？」

「おそらく、そうなんだろう。そいつらは島内で軍事訓練めいたことをやってるんだろうな。白兵戦（はくへいせん）のトレーニングをしたり、爆発物の仕掛け方を教わってるのかもしれないぞ」

「見沢から？」

「ああ、多分な。全共闘系の学生は過激派の連中とは一線を画してた奴が多いんだが、見沢は各セクトの人間とも平気で接してたんだ。だから、武装闘争の基礎知識も体得（たいとく）してる可能性がある。ひょっとしたら、島のどこかに地下壕（ごう）をこしらえて、そこで射撃訓練までしてるのかもしれない。いまや六本木あたりで遊んでる若いサラリーマンなんかも中国製トカレフのノーリンコ54を隠し持ってる時代だから、裏社会から拳銃（けんじゅう）や自動小銃も調達できるだろう」

「そうだろうな。だけど、十人程度じゃ大規模なテロ活動はできないでしょ？」

「コンピューターシステムに侵入してプログラムを破壊することもできるし、最新衛星から撮影された政府機関の全景写真を民間人が手に入れることも可能だ」

「ええ、そうですね。最近の衛星写真は建物や車はもちろん、通行人の顔まで鮮明に捉(とら)えてるそうだから、首相官邸、国会議事堂、警視庁、陸・海・空の自衛隊基地、米軍基地、発電所も丸見え状態なんだろうな」

「建物は当然だが、防犯カメラや赤外線スクリーンなどセキュリティー・システムの設置状況まで把握(はあく)できるはずだよ。警察の無線交信も傍受(ぼうじゅ)できるから、ほとんど無防備と言ってもいいだろうね。空港のターミナルビルを占拠(せんきょ)することだって、それほど難しいことじゃないだろう。電車、バス、カーフェリーの乗っ取りもたやすいと思う」

「でしょうね。日本は治安(ちあん)がいいと言われてるけど、隙(すき)を衝(つ)かれそうな所はいくらでもある。その気になれば、毒ガスを撒(ま)くことだって、飲料水に細菌ウイルスを混入することもできますよね？」

「ああ。パレスチナ人やイスラム過激派の自爆テロじゃないが、テロリストが命を棄(す)てる気なら、原子炉に小型ミサイル弾を撃ち込むこともできるだろう。見沢が何を企(たくら)んでるのか、早く知りたいよ」

「そうですね。天神島に潜入したら、真っ先に見沢貞夫を取っ捕まえましょう。ボスを弾除(たまよ)けにすれば、手下どもは反撃できなくなると思うな」

成瀬は言って、海風で乱れた頭髪を両手で撫(な)でつけた。

いつしか夜の色は深まっていた。墨色の海面は闇と溶け合って、判然としない。小さな白い波頭だけが薄っすらと見える。

勇三郎丸が大きく迂回し、舳先を天神島に向けた。

「成やん、例のリボルバーは？」

磯村が小声で訊いた。

「ロッシーなら、腰の後ろに差し込んであります」

「そうか。見沢が反撃する素振りを見せたら、そいつで威してくれないか」

「わかってますよ」

成瀬はOKサインで応えた。

十分も経たないうちに、勇三郎丸は天神島の船着き場に着いた。ランナバウトの後ろに停まる。

「電話をくれたら、すぐ迎えに来るわ。チャーター料を二十万も貰ったんで、全速前進でここに来る」

船頭がそう言って、手を振った。

成瀬たち二人は桟橋に飛び降りた。四十メートル弱の長さだが、コンクリート造りだった。勇三郎丸が桟橋から離れ、船首を木沢湾に向けた。

「成やん、行こう」

磯村が促した。幾分、緊張した様子だった。

二人は中腰で歩き、桟橋の斜め前の防風林に足を踏み入れた。島の中央部に向かう。

防風林の背後は自然林になっていた。樹木の匂いがたち込め、小枝がかすかに風に揺れている。

自然林の中には通路があった。

二人は通路に沿って林の中を進んだ。自然林が途切れると、急に視界が展けた。

正面にテラス付きの洋館がそびえている。二階家だった。どの窓も明るい。

洋館の周りは、西洋芝に覆われた内庭だった。内庭の奥に要塞めいたドーム型屋根の建造物が見える。

「磯さん、まず要塞みたいな建物をチェックしてみましょうよ」

「そうするか」

二人は洋館の左手にある林を抜けて、ドーム型の建物に近づいた。

成瀬は腰の後ろからブラジル製のリボルバーを引き抜き、石段を下った。要塞を想わせる建造物は半地下になっていた。

出入口の鉄扉には南京錠が掛けられている。成瀬は万能鍵を使って、錠を外した。

「おれは、ここで見張ってよう。成（なる）やん、中の様子を見てきてくれ」

磯村が小声で言った。

成瀬は鉄扉を細く開け、半地下室に身を滑り込ませた。真っ暗だ。ライターを取り出し、手早く点火する。

半地下室は奥行きがあった。トンネル状の造りで、正面には砂袋が四、五段積み上げられていた。壁面には、標的紙（ターゲット・ペーパー）が埋まっている。無数の穴が穿（うが）たれていた。弾痕だ。

ここは秘密射撃場なのだろう。

成瀬はライターの炎を上下左右にゆっくりと動かした。ガンロッカーは見当たらない。足許（あしもと）の土の上にも、空薬莢（からやっきょう）は一つも落ちていなかった。

成瀬は半地下室を出て、相棒に内部の造りを教えた。

「見沢たちは射撃訓練までしてたのか。ということは、敵は銃器をたくさん持ってるな。やっぱり、何かテロ行為に走る気なんだろう」

「そう考えてもいいんじゃないですか。拳銃だけじゃなく、自動小銃やスコープ付きの狙撃（そげき）銃もありそうだな。手榴（しゅりゅう）弾も持ってるかもしれませんよ」

「そうだろうな。成（なる）やん、母屋（おもや）の様子をうかがいに行こう」

磯村が囁（ささや）き声で言った。成瀬は無言で大きくうなずいた。

二人は姿勢を低くして、洋館に接近した。テラスのある側に回り込んで、一階のリビングルームに目をやる。白いレースのカーテン越しに見沢貞夫の姿が見えた。

「やっぱり、ここにいたな。見沢は髪を灰色に染めてる。黒子と疣を切除したせいか、ちょっと印象が違って見えるな」

「背を向けてソファに腰かけてるのは、女みたいですね」

「ああ、女だな」

磯村が言った。そのすぐ後、ソファに坐っていた女性が立ち上がった。

次の瞬間、成瀬はわが目を疑った。磯村も驚きの声を洩らした。あろうことか、女は真木綾香だった。殺害されたフリージャーナリストの妻である。

見沢が綾香を抱き寄せた。二人は短く見つめ合い、唇を重ねた。熱いキスだった。

「磯さん、いったいどういうことなんでしょう？」

「二人は学生時代、恋仲だったのかもしれない。綾香さんは美大生のころ、とにかくモテてたからね。真木と恋愛する前に、彼女は見沢と親密な間柄だったんだろう。しかし、何か事情があって、別れることになったんじゃないだろうか」

「そして後年何かのきっかけで、恋の残り火が激しく燃え上がった？」

「多分、そうなんだろう」

「だとしたら、見沢は昔の恋人の綾香を独占したくなって、誰かに真木淳也を始末させたんだろうか。いや、そうじゃないな。真木さんに詐欺のことを知られたんで、見沢はフリージャーナリストを葬（ほうむ）る気になったんでしょう」

「殺害の動機は、その両方だったのかもしれないぞ」

「そうなんでしょうか。どっちにしても、真木さんの妻は相当な悪女だな。ずっと見沢と密会してたとしたら、奴が彼女の夫に殺意を懐（いだ）いてたことは感じ取れたはずですからね」

「そうだな。綾香さんは自分の行動哲学を貫（つらぬ）き通してた真木にある種の窮屈（きゅうくつ）さを感じるようになって、いい加減なところもあるが、どこか危険な香りのする昔の彼氏にまた傾いてしまったのか。情熱型の女性は、破滅型の男に惹（ひ）かれる傾向があるって言うからな」

「磯さん、彼女が見沢に力ずくで関係を迫られて、密会に応じてきたとは考えられませんか？」

「二人のくちづけを見たよな。綾香さんは、見沢に惚（ほ）れてるんだと思う。おおかた彼女は、人生の残り時間を見沢と一緒に過ごそうと心に決めてるんだろう」

「だとしたら、未亡人は夫の死を望んでたんじゃないのかな」

「そうだったのかもしれない。殺された真木が妻の背信に気づかないまま死んでいったことを願いたいな。そうじゃなかったら、真木はいつまでも浮かばれないだろうからね」

「ええ。手下の連中は別の部屋にいるようだから、見沢を押さえましょう」

成瀬は言って、テラスの短い階段を静かに上がった。

すぐに磯村が従いてくる。成瀬はサッシ戸の横の外壁にへばりつき、ガラスを拳で二度叩いた。

ややあって、サッシ戸が横に払われた。テラスに首を突き出したのは見沢だった。

「大声を出すと、撃ち殺すぞ」

成瀬は見沢の胸倉を左手で摑み、ロッシーの銃口を腹部に押し当てた。

そのまま見沢を押し戻し、居間に上がり込む。見沢が磯村に気づき、目を丸くした。

「見沢、すっかり堕落したなっ」

磯村が切り口上で言った。

「堕落だって？」

「いまさら白々しいぞ。おまえは全共闘時代の仲間たち二百三十一人を共同体建設の話で釣って、ひとり一千万円ずつ出資させた。総額二十三億一千万円を着服して、それをテロ活動の資金に充てようとしてるんじゃないのか。そのことを暴こうとした真木を第三者に始末させた。そうなんだろうがっ」

「磯村、何を言ってるんだ!?　わけがわからない」

「ま、いいさ」

磯村は言って、成瀬の前に出た。

綾香は立ち竦んだまま、じっと動かない。顔は血の気を失って、紙のように白かった。

「奥さんは大女優だね。何喰わない顔して、おれたちに真木捜しをさせた。それで裏では、旦那を殺させた見沢とよろしくやってた。これじゃ、真木は浮かばれない」

「………」

「黙ってないで、なんとか言ったらどうなんだっ」

珍しく磯村が怒声を張り上げた。

「わたし、真木の正義感がうっとうしくて仕方なかったの。彼の仕事そのものは常に真っ当だったわ。真木は反権力、反権威の姿勢を貫くことで自分の生き方に酔ってたの。全共闘運動の仲間たちが暮らしやすい生き方を選んで次々に小市民になってしまったけど、自分だけはピュアな魂を失っていないことをアピールしつづけたかったのよ」

「そういう青っぽさを後生大事にしてることは悪いことなのか?　恥ずかしいことなの

かっ」

「磯村さんは、真木が偽善者だってことを知らないのよ」

「真木が偽善者だったって⁉」

「ええ、そう。彼にはロリコン趣味があって、タイで十二、三歳の女の子を買ってたのよ。それからフィリピンのストリート・チルドレンの女の子たちに小遣いを与えて口唇愛撫を強要してたの」

「そんな話は信じない」

「真木は変態だったのよ。わたしの恥毛をきれいに剃り上げてからじゃないと、決してセックスしようとしなかったわ。それも新婚二カ月目からよ。成人女性は穢らわしいと思ってたんでしょうね。だから、少女に見たてて……」

綾香が涙声で言った。

「仮に真木が性的にアブノーマルだったとしても、彼のジャーナリスト魂に濁りはなかっただろう」

「真木はノンフィクション・ライターだったのよ。小説を書いてたわけじゃないわ。海外で少女買春をするような男が正義の使者のような顔して、社会の暗部を抉ってもいいの？　そんな資格はない。真木の正義感なんて、本物じゃないわ。あの男は狡猾な偽善者だったのよ」

「百歩譲って、そうだったとしよう。きみが夫に嫌悪感を覚えて、昔の男と縒りを戻したことには目をつぶってやる。しかし、見沢の悪事を暴こうとした真木を見殺しにしたことだけは赦せない」

磯村が綾香に歩み寄り、バックハンドで頬を殴りつけた。綾香が悲鳴をあげ、床に倒れた。

「綾香！」

見沢が全身でもがき、真木未亡人に声をかけた。成瀬は見沢を引き寄せて、ロッシーの撃鉄を掻き起こした。

「いいとこ見せようってわけか。おれたちはユートピア建設委員会の口座に一千万円を振り込んだ被害者の証言を得てるんだ。二十三億一千万円を騙し取った事実を認めるなっ」

「知らない。なんの話なんだ？」

「とぼけやがって」

成瀬は見沢の頬を手で挟みつけ、口を開けさせた。銃身を口の中に突っ込み、上の前歯に照準を引っかけた。そのまま銃身を強く引き戻す。

見沢が呻(うめ)き、舌の上に落ちた前歯を吐き出した。一本ではなく、二本だった。

「まだ粘(ねば)る気なら、上の前歯がそっくりなくなるぞ」

「出資金を着服するつもりはなかったんだ。いずれ共同体(コミューン)は建設する。ただ、その前にわたしにはやらなければならないことがあるんだよ。だから、二百三十一人の賛同者には申し訳ないが、集めた金をちょっと流用させてもらったんだ」

「苦しい言い逃(のが)れだな。おれたちは大塚の唐木美容整形クリニックであんたが馬場壮一の保険証を使って、黒子と疣の切除手術を受けたことも調べ上げた。クリニックを真木さんが訪ねたこともわかってる。それから彼もおれたちも、武蔵小杉にある馬場氏の自宅マンションを訪ねてる。あんたがこの島に隠れてるかもしれないと教えてくれたのは、旧友のイラストレーターだったんだ。ここまで言えば、もうシラを切り通す気力もないだろうが！」

「うむ」

「あんたは保身のため、犯罪のプロに真木さんを始末させたんだなっ」

「わたしの個人感情としては、真木を生かしておいてやりたかったんだ。しかし……」

「今度は責任を実在しない黒幕に転嫁(てんか)する気になったのかっ。往生際が悪いぞ！」

「バックにいる人間が真木を生かしておくのはまずいと言ったんで、やむなく流れ者に金を渡して片づけさせたんだ」

「実行犯の名前は？」

「矢部と名乗ってたが、多分、偽名だろうな。協力者と一緒にしばらくマニラに潜伏すると言ってたから、もう居所もわからない。ほんとだよ」

「殺しの報酬は、いくらだったんだ？」

「千五百万だよ」

「騙し取った大金の中から払ったんだな？」

「そうだが……」

「しっかりしてやがる。失業中の昔の仲間は二階にいるのか？　白兵戦や射撃訓練で疲れて、ぐったりしてるらしいな」

「そんなことまで知ってるのか⁉」

「そいつらと何か反社会的なことを企んでるんだろう？　いったいどんな花火を打ち上げようとしてるんだっ」

「それは口が裂けても言えない」

「なら、言えるようにしてやろう」

成瀬は銃把の底で、見沢の額をぶっ叩いた。

見沢が呻いて、その場にうずくまった。成瀬はリボルバーをベルトの下に差し入れ、見沢を蹴（け）りはじめた。

それから間もなく、磯村が叫んだ。

「成（なる）やん、危ない！　後ろに……」

「えっ」

成瀬は振り向く前に、後頭部と背中に銃口を突きつけられた。すぐに後頭部に銃口を押し当てた男が鋭く命じた。

「両手をゆっくり挙げるんだっ」

「見沢の知り合いの失業者たちだな？」

「早く言われた通りにしろ！」

「わかったよ」

成瀬は命令に従った。もうひとりの男が素早くロッシーを奪った。

「逆（さか）らわないほうがいいよ」

磯村が言った。成瀬は二度うなずいた。

2

体の自由がまったく利かない。

成瀬は椅子に腰かけた状態で、きつく麻縄で縛られていた。逃げようがなかった。かたわらにいる磯村も、同じ扱いを受けていた。

洋館の一室だった。部屋にいる敵は二人だ。見沢と眼光の鋭い男である。

男は七十一、二歳だった。磯村は相手の顔に見覚えがあると言っていたが、名前までは思い出せないらしい。全共闘運動に関わりのあった者だろう。

「真木から何か聞いてたんじゃないのか？」

見沢が磯村の前に立った。右手にアイスピックを握っている。

「何かって？」

「おれが計画してることについてだよ。真木の奴が大塚の唐木美容整形クリニックを訪ねたって話を聞いたとき、奴はそこまで知ってるにちがいないと思った。あいつはおれの交友関係を徹底的に洗って、バックに控えてる人物を嗅ぎ当てたんだろう。矢部って流れ者には何も吐かなかったそうだが、真木が黒幕のことをおまえに喋った可能性がある。磯村、どうなんだ？」

「まだそんなことを言ってるのか。子供じみた言い訳はやめろ！」

「言い訳なんかじゃない。おれは後ろ楯(だて)と一緒にでっかい花火を打ち上げることになってるんだ」

「国会議事堂か、議員会館でも爆破する気なのか？　それとも、日本の新保守主義者(ネオコン)たちをひとりずつ暗殺するつもりかっ。この国は右傾化しはじめてるからな」

「磯村、返事をはぐらかすな！」

「はったり(ブラフ)を噛(か)ませたいところだが、真木からは何も聞いてない」

「ほんとだな？」

「くどいぞ」

磯村が露骨に顔をしかめた。

すると、逆上した見沢がアイスピックで磯村の左の太腿(ふともも)を浅く刺した。磯村が口の中で呻き、見沢を睨(にら)みつけた。

「なんだよ、その目は！」

「陰険(いんけん)な奴だ」

「きさま、自分がどういう状況にいるのかわかってるのかっ」

「わかってるよ。アイスピックを抜け！　もっと深く突き刺したいんだったら、手に力を込めるんだな」

「いちいち指図するなっ」

見沢が苛立たしげに喚き、アイスピックを引き抜いた。先端は鮮血に塗れていた。

「おい、おれたちをどうするつもりなんだっ」

成瀬は見沢を直視した。矛先を自分に向けることで、磯村が拷問されるのを避けようと思ったのだ。

「どうされたい？　望みがあるんだったら、聞いてやろう」

「手下は九人だったな？」

「数を確かめて、どうする気なんだ？」

「このままむざむざと殺されたくない。だから、そっちの手下どもとデスマッチをやらせてくれ。ルールなしの殺し合いなら、見応えがあるだろうが」

「腕には自信があるから、七十代の男なんか簡単に殴り殺せると考えてるわけか？」

「一人や二人は殺れるだろうな。どうせ殺されるんだったら、誰かを道連れにしたいんだ。おれは、もう死ぬ覚悟ができてる。逃げたりしない。その代わり、磯さんは解放してやってくれ」

「おまえらはゲイだったのか」

「くだらないことを言うな。どっちも男色趣味なんかないっ。おれは独身だが、磯さんには娘さんがいるんだ。離婚してから長いこと会ってないらしいが、父と娘であることはずっと変わらない。だから、磯さんは殺さないでくれ」

「ちょっと泣かせる話だが、そんな手には引っかからないぞ。おまえは麻縄をほどいてやったら、反撃する気でいるにちがいない」

　見沢が、せせら笑った。

「逃げたりしないよ」

「だとしても、仲間にデスマッチなんかさせられない」

「なら、殺す前に女を抱かせてくれ」

「女を抱かせろだと？」

「ああ。真木綾香を抱かせてくれ。おれは熟女に弱いんだ。彼女は五十代にしか見えない。まだセックスパートナーは務（つと）まりそうだからな」

「綾香を侮辱するなっ」

「もっと怒れよ」

　成瀬は挑発した。人間は激昂（げっこう）したとき、どこかに隙が生まれるものだ。そのとき、反撃することができるかもしれない。

「若いくせに、なかなか強かだね。おれを挑発して、反撃する気になったらしいな」

「そうじゃないって。死ぬ前に柔肌を貪りたいだけだよ」

「その手には乗らない」

見沢が言い、鋭い目をした男に合図した。男が背の後ろから粘着テープを取り出し、磯村に近づいた。

「粘着テープで口を封じるつもりかっ」

成瀬は男に言った。相手は、にやりと笑ったきりだった。

磯村が先に口許に粘着テープを貼られた。すぐに成瀬も口を封じられた。それを見届けると、見沢は黙って部屋を出ていった。

眼光の鋭い男は、いつの間にか自動拳銃を握っていた。ロシア製のマカロフだった。トカレフの原産国も旧ソ連だが、マカロフのほうがグレードが高い。将校用のピストルである。成瀬は男の目を盗みながら、口を動かそうと試みた。顎を左右に動かすことはできるが、へばりついた粘着テープは剝がれなかった。

成瀬は磯村と顔を見合わせた。

二人は目顔で励まし合った。ピンチとチャンスは、いつも背中合わせだ。

これまで成瀬たちは何度も命を落としそうになった。しかし、なんとか生き延びてきた。自分たち二人は悪運が強い。絶望しなければ、なんとかなるだろう。

こんな所でくたばるものか。

成瀬は胸の奥で叫んだ。そのとき、四人の男が部屋に入ってきた。全員、磯村と似たような年恰好だった。男たちは二手に分かれた。

成瀬と磯村は男たちの手によって、椅子ごと持ち上げられた。

眼つきの悪い男がドアを全開にし、先に部屋を出た。左右にいる男たちが椅子のシートの下に片腕を差し入れたまま、ゆっくりと進みはじめた。

成瀬たちは洋館の内庭に運び出された。

四人の男は、いったん椅子を芝生の上に置いた。揃って肩を弾ませている。

少し経つと、洋館から別の男たちが四人飛び出してきた。

眼光の鋭い男はリーダー格なのだろう。八人の男に何か短く指示を与えた。

八人は二班に分かれ、二人ずつ交代しながら、椅子をリレー搬送しつづけた。洋館の裏手の自然林を抜け、やがて磯場の断崖に達した。

崖の斜面には草が生え、何輪か花も咲いていた。

その下は荒磯になっていた。砕け散る波の飛沫が夜目にも白い。

自分たち二人を椅子ごと下の磯に投げ落とす気らしい。そうされたら、死んでしまうだろう。どうすれば、いいのか。

さすがに成瀬は、冷静ではいられなくなった。

まだ死にたくない。切実にそう思った。やりたいことは山ほどあった。魂が打ち震えるような恋がしたい。クルーザーや自家用ヘリコプターも一度は所有したいものだ。

気に喰わない悪人も大勢いる。そうした連中を嬲って、とことん屈辱感を与えてやりたい。できることなら、無一文にもしてやりたいものだ。

小便をたれ流しにすれば、麻縄をいったん解いてくれるだろうか。それを期待するのは甘いか。八人の男たちに三千万円ずつやると言って、上手に騙すか。それもうまくいきそうもない。

成瀬は舌の先で粘着テープの裏側を湿らせはじめた。粘着テープに少しでも隙間ができたら、声を出すことができるだろう。

椅子に括りつけられた磯村が二人の男に崖の下に投げ落とされた。悲鳴が尾を曳き、磯から落下音が響いてきた。

磯村の呻き声は聞こえない。潮騒が耳障りだ。相棒は、もう死んでしまったのか。

「今度は、おまえの番だ」

頭上で、男の声がした。そのとき、唇を少し開けられるようになった。

成瀬は言葉を発した。だが、唸(うな)り声にしかならなかった。

木製の椅子がブランコのように揺れはじめた。両側にいる男たちは遠心力をつけてから、できるだけ遠くに投げ落とすつもりなのだろう。

成瀬は懸命にもがいた。

だが、徒労だった。体が宙を泳いだ。沖合の漁火(いさりび)が揺れ、すぐに何も見えなくなった。

椅子の脚(あし)が岩に激突し、折れる音がした。

ほとんど同時に、成瀬は磯の岩に頭部をぶつけた。痛みを感じた瞬間、意識がぼやけた。

このまま死んでしまうのか。成瀬は暗黒の世界に引きずり込まれた。

それから、どれだけの時間が流れたのか。

体に冷たさを覚えて、成瀬は我に返った。ごつごつとした岩の上に横たわっていた。

体の半分は海水に浸(つ)かっている。運よく潮溜(しおだ)まりに落ちたようだ。

椅子は落下時の衝撃で、ほぼ壊れていた。麻縄の結び目も、だいぶ緩(ゆる)んでいる。

成瀬は手脚(てあし)を少しずつ動かしてみた。

後頭部、肩、腰、肘(ひじ)に打撲傷を負っていたが、それほど痛みは強くない。何カ所か擦(す)

り傷もあったが、出血量は多くなかった。

成瀬は肘を使って、ゆっくりと上体を起こした。東の空がひと刷けだけ明るい。夜明けが近づいているようだ。

成瀬は周りを見回した。

二十メートルほど離れた磯に相棒が倒れていた。横向きだった。

「磯さーん！　生きてたら、返事をしてください」

成瀬は呼びかけた。

だが、なんの応答もない。すでに息絶えてしまったのか。成瀬は大急ぎで自分の縛めをほどき、そろそろと立ち上がった。

足を踏み出す。体のあちこちが疼いているが、歩行に支障はなかった。

成瀬は岩伝いに進み、磯村に近づいた。椅子は大破し、麻縄もかなり緩んでいた。磯村の頸動脈に触れてみる。海水で体温はだいぶ下がっていたが、脈動は伝わってきた。

成瀬は麻縄を磯村の体から引き剝がし、抱き起こした。

すると、磯村が息を吹き返した。片方の耳は血塗れだった。外耳の擦り傷からの出血だ。

「成やん……」

磯村は夢から醒めたような表情だった。

「おれたちは生きてたんですよ」

「そうみたいだな。うーっ、痛い！」

「どこが痛いんです？」

「頭だよ。左の側頭部を強く撲ってしまったらしい」

「そうですか」

成瀬は、相棒の左側頭部を見た。打撲箇所は瘤状に盛り上がっていた。しかし、どこも裂けてはいなかった。

「成やん、血は？」

「出てません。おれたちはどっちも脳震盪を起こしたんでしょう。お互いに悪運が強いですね」

「そうだな」

「磯さん、歩けそう？」

「ちょっと手を貸してくれないか」

磯村がそう言い、左腕を成瀬の肩に回した。

成瀬は磯村を支え起こした。磯村がこわごわ足を踏み出す。少し足捌きが不自由そうだったが、ゆるゆると歩くことはできそうだ。

二人は磯を横に移動し、勾配(こうばい)の緩(ゆる)い斜面から崖の上に這(は)い上がった。

早くも磯村は息を弾ませていた。洋館に引き返して、敵と闘うことは無理だろう。

「磯さんは、この近くの繁みの陰で休んでてください。おれは見沢の別荘に戻ります」

「丸腰で奴らと闘うつもりなのか!?」

「それが可能だったら、そうするつもりです」

「無茶だよ、それは。勇三郎丸の船長に電話をして、船をこっちに回してもらおう」

「スマホは海水で濡(ぬ)れてしまったんですよ。防水加工されてない機種なんだ。おそらく磯さんのスマホも、発信は無理でしょう」

「多分ね。なら、もう少し体力が回復するまで、ここにいよう」

「夜が明けてしまったら、敵の奴らに見つかってしまうかもしれない。だから、いますぐ洋館に戻りたいんですよ」

成瀬は言った。

「それじゃ、おれも一緒に行く」

「磯さんは無理ですって」

「おれたちはコンビじゃないか」

「けど、磯さんは七十三で、おれよりも怪我をしてる」

「もう若いとは言えないが、よぼよぼの老いぼれじゃない。そのへんの太い枝を折って杖代わりにすれば、ちゃんと歩けるだろう。何がなんでも、おれは成やんと一緒に行く」

　磯村が力んで言った。

　成瀬は微苦笑して、周りの樹木に目をやった。少し離れた場所に、白樫の巨木があった。横に張り出した枝は、ちょうどいい太さだった。

　成瀬は白樫に歩み寄り、少しジャンプした。

　両手で摑んだ枝を幹から折り、小枝と葉を払った。それを磯村に手渡す。杖代わりだ。

「成やんは、いい奴だな。ありがとう。こいつを杖の代わりにさせてもらうよ」

「ゆっくり行きましょう」

　二人は肩を並べて歩きだした。

　成瀬は相棒の息が上がるたびに、小休止を取らせた。そのつど、彼は濡れた上着やチノクロスパンツを両手で搾った。ついでに靴下と靴の水気も切る。

　休むたびに、無性に煙草を喫いたくなった。しかし、セブンスターはぐっしょりと濡れていた。

二人は三十分ほどかけて、ようやく洋館のある場所に引き返した。

妙に静かだ。成瀬は磯村を内庭に残し、館のポーチに走った。

玄関のドアは施錠されていた。窓という窓は、分厚いドレープのカーテンで覆われている。見沢たち一味は逃げたのではないか。

成瀬は万能鍵でロックを解除し、玄関に躍り込んだ。

思った通り、人のいる気配はうかがえない。成瀬は先に二階の各室を検べ、階下の隅々までチェックしてみた。やはり、誰もいなかった。

別のアジトがあるのだろう。館内に固定電話があれば、勇三郎丸の船長に連絡を取れるのだが、どこにもなかった。桟橋で待っていれば、そのうち迎えにきてくれるだろう。

成瀬は表に出て、見沢たちが逃走したことを磯村に告げた。

二人は桟橋に足を向けた。自然林の中の通路を歩いていると、防風林の間から黒いフェイスマスクを被った二人の白人男性がぬっと現われた。

ともに上背があった。二人はマカロフPbを握りしめていた。ロシア製のサイレンサー・ピストルだ。

男たちが何か言い交わし、左右に散った。

英語ではなく、ロシア語だった。見沢の仲間なのか。あるいは、金で雇われた単なる殺し屋なのだろうか。

「二人は、おれたちをシュートする気だな。磯さん、ひとまず逃げましょう」

成瀬は相棒の手を引き、自然林の中に駆け込んだ。

ロシア人と思われる男たちが交互に九ミリ弾を放ってきた。銃声が聞こえない分、なんとも不気味だった。銃弾が近くの樹皮や葉を噴き飛ばし、足許の下草や土塊も舞った。

そのたびに、心臓がすぼまった。

「弾切れになるまで逃げ回ろう」

成瀬は磯村の片腕を掴みながら、目まぐるしく走る方向を変えた。

やがて、九ミリ弾は飛んでこなくなった。

安堵しかけたとき、果実のような塊が投げつけられた。手榴弾だった。

それは、すぐ目の前に落ちた。成瀬は磯村の腕を強く引っ張って、横に走った。

炸裂音が轟き、橙色の閃光が走った。成瀬は爆風を感じたが、運よく無傷だった。磯村もどこも傷めなかった。

「もうひとりの奴も手榴弾を投げるつもりなんだろう。磯さん、今度は被弾した振りをして、わざと倒れましょう」

「わかった。そうしよう」

二人は、また逃げ回りはじめた。

すぐに別方向から、手榴弾が飛んできた。爆ぜたとき、成瀬たちは呻き声をあげ、相前後して下生えの上に倒れた。

成瀬は地面に耳を当てた。少し経つと、男たちの足音が遠ざかりはじめた。

「奴らは桟橋に向かったんだろう。磯さん、追いましょう」

成瀬は先に起き上がり、磯村を立ち上がらせた。

通路に走り、防風林を抜ける。桟橋に出ると、見覚えのあるランナバウトが小槌島のある方向に疾走していた。

「くそっ、間に合わなかったな」

成瀬は右の拳を左の掌に叩きつけた。

「逃げた二人は軍人崩れじゃないな。元軍人なら、標的が死んだかどうか確認するだろう」

「そうでしょうね。奴らはロシアのマフィアなのかもしれないな。極東マフィアが北海道や東北の水産会社にロシア領海で密漁した毛蟹やタラバ蟹を流したり、暴力団に銃器やドラッグを密売してるって話だから」

「見沢は極東マフィアの手を借りて、何かとんでもないことを考えてるんだろうか」

「そうなのかもしれませんよ。磯さん、ここで勇三郎丸を待ちましょう。こっちからの連絡がいっこうにないんで、船頭さんが様子を見にくると思うな」

「それを祈ろう」

二人は桟橋に坐り込んだ。いつしか朝焼けで海原は赤く輝いていた。

十分ほど待つと、勇三郎丸が接近してきた。

成瀬は立ち上がって、右手を大きく振った。勇三郎丸から短い霧笛が響いてきた。気づいてくれたようだ。

3

あたりを見回す。

人影は目に留まらなかった。日吉本町の住宅街である。

成瀬は見沢の実家に近づいた。

天神島で殺されかけたのは五日前だ。その翌日、成瀬は見沢と綾香の実家の電話保安器にヒューズ型盗聴器を仕掛けた。見沢たち二人が身内には居所を教えるのではないかと考えたわけだ。

ヒューズ型盗聴器は、自動録音装置付き受信機とセットになっていた。盗聴器を仕掛けた場所から三百メートル以内に受信機を置いておけば、電話の会話はすべて自動的に録音される。したがって、いちいち張り込んでレシーバーに耳を傾ける必要はなかった。

きのうまでは、なんの手がかりも得られなかった。相棒の磯村は、いまごろ杉並区久我山にある綾香の実家の近くにいるはずだ。

二人は毎日、見沢か綾香の実家の通話記録をチェックしていた。どちらも怪我は治っていた。

成瀬は、見沢の実家の並びにある公園に入った。

残照で園内は明るかったが、人っ子ひとりいない。自動録音装置付き受信機は、植え込みの奥に隠してあった。成瀬は屈み込んで、灌木の根方から受信機を掴み上げた。

録音音声を再生してみる。通話本数は多かったが、肝心の見沢の声は吹き込まれていなかった。見沢は両親や跡取りの長男とはあまりうまくいっていないのかもしれない。

成瀬は自動録音装置付き受信機を元の場所に戻した。

ちょうどそのとき、懐でスマートフォンが鳴った。四日前に買い換えたものだった。それまで使っていたスマートフォンは海水に浸かってしまい、使用できなくなった。防水加工はされていない機種だった。

「綾香は、きょうも実家には連絡してないね」

磯村が電話の向こうで言った。

「そう。こっちも同じです。見沢たちは相当、警戒してるようだな」

「ああ、そうなんだろう。それはそうと、さっきカーラジオでちょっと気になるニュースを聴いたんだ。もう成やんも知ってるかな」

「どんなニュースです？」

「きょうの午前十時から午後四時までの間に、全共闘の活動家だった大学名誉教授、元エリート官僚、大企業の役員の三人が相次いで何者かに射殺されたんだよ」

「被害者は揃って全共闘に関わってたのか。単なる偶然とは思えませんね」

「ああ、偶然なんかじゃないだろう。というのは昨夜、三人の被害者宅の塀や玄関ドアに〝ユダ〟という落書きがしてあったらしいんだ。裏切り者という意味なんだろう」

「磯さんは、連続狙撃に見沢が関与してるんじゃないかと考えたんですね」

成瀬は確かめた。

「うん、まあ。見沢は殺された三人が活動から手を引いて、体制の中でうまく泳ぎ回って出世したことを苦々しく感じてたんじゃないだろうか」

「そうだとしても、全共闘運動から五十年も経ってるんですよ。いまさら世渡りのうまい奴らを赦せないと思うかな」

「いつかも話したことがあると思うが、われわれ世代は人数が多いから、ほとんどの人間が心のどこかで同年代の連中には負けたくないと考えてるんだよ。そのことをストレートに口に出す者は少ないがね」

「そういう競争心があることは、なんとなくわかります」

「人間ってのは、他人の幸福をやっかんだりするもんなんだよ。他人の不幸は蜜の味ってわけさ。七十三歳になった見沢には、人生の先行きが見えてたはずだ」

「それはそうでしょうね。何か奇跡でも起こらない限り、人生がバラ色に輝くことはない年齢だから」

「残りの人生がくすんで見えたら、処世術に長けた同世代の奴らの出世が妬ましく思えてきたんじゃないだろうか」

「ということは、見沢は自分の選んだ人生コースを悔やんでるんですね？」

「心のどこかでは、そう考えてるんじゃないのかな。自分の手で何かやれると熱くなってみたが、結局、挫折感を味わわされただけだ」

「そんなことになるんだったら、全共闘運動に早く見切りをつけて体制の中でうまくやり、そこそこの出世をすればよかったと……」

「そう考えても不思議じゃないだろうな。見沢は頭の切れる男だ。その気になれば、体制の中で上手に泳ぎ回れただろう。しかし、青臭い正義感やヒロイズムに引きずられて、体制に与するようなことはしなかった。某革新政党の機関紙の編集を長くやっていたが、充実感は得られなかったんじゃないか。だから、あいつは党の金を着服してしまったんだろう」

「その後の暮らしも冴えなかった。で、見沢は派手な花火を打ち上げる気になった。その手初めに大学名誉教授、元エリート官僚、大企業の役員の三人を血祭りにあげたってわけですね」

「そういう推測もできるんじゃないか。いや、妄想かもしれないな。どっちにしても、連続狙撃事件に見沢が嚙んでるような気がして仕方ないんだ」

「そうだったとしたら、見沢は昔の裏切り者たちを抹殺して、何か反社会的なことをやらかそうとしてるんでしょうね」

「間接的な知り合いにテレビ局の報道部記者がいるから、ちょっと事件に関する情報を集めてみるよ」

磯村が先に電話を切った。

成瀬は公園を出た。すると、七十絡みの男が成瀬のジャガーの車内を覗き込んでいた。

「おれの車がどうかしました？」

成瀬は足を速めながら、男に声をかけた。

「この車、ジャガーFタイプですよね？」

「ええ、そうです。それが何か？」

「わたしの憧れの車なんですよ。それで、ちょっと見せてもらってたんです」

「そうだったのか。てっきり家の前に勝手に車を駐めないでくれって怒られるのかと思ってました」

「わたしは通りがかりの者ですよ。どうもありがとう」

男は軽く頭を下げると、ゆっくりと歩み去った。

成瀬はジャガーに乗り込み、エンジンをかけた。数秒後、着ぐるみ役者時代の辻涼太から電話がかかってきた。

「数日前に新しいマンションに引っ越してきたんですよ。下北沢南口通りから、少し奥に入った所にある『代沢アビタシオン』の五〇八号です」

「そうか。新婚旅行は行かなかったんだよな？」

「ええ。二人の休みがうまく取れなかったんでね」

「新婚生活の感想は？」

「からかわないでくださいよ。船上結婚式を挙げる前から一緒に暮らしてたわけですから、特にどうってことはありません」

「それでも、男としては気持ちが引き締まったろ？」

「ええ、少しね。妻と産まれてくる子のために、一日も早く芝居で喰える役者になりたいですね」

「辻、頑張れよ」

「ええ。今夜、何か予定が入っています？　時間の都合がついたら、遊びに来ませんか？　三人で飲みましょうよ」

「せっかくだが、仕事でちょっとバタバタしてるんだ」

「そうなんですか。そういうことなら、またの機会にしましょう」

「ああ。響子、いや、奥さんによろしく言っといてくれ」

成瀬は通話終了ボタンを押し、ラジオの電波スイッチを入れた。チューナーを動かしてみたが、連続狙撃事件のニュースは報じられていなかった。

ラジオのスイッチを切ったとき、今度は磯村から電話がかかってきた。

「いま、例の報道部の記者から情報収集し終えたとこなんだ」

「どうでした？」

「いろいろわかったぞ。三人の被害者は城南大学経済学部名誉教授の新関孝二（にいぜきこうじ）、厚生労働省の事務次官だった松宮聡（まつみやさとし）、角菱（かくびし）商事常務の片山武直（かたやまたけなお）だよ。個人的には知らない連中だが、見沢は三人と接触があったと思われる。あいつは各大学の全共闘学生たちと密（みっ）に連絡を取り合ってたんだ」

「殺された三人は同じ大学の出身なんですか？」

「いや、それぞれ大学は別なんだが、三人とも委員長や副委員長を務（つと）めてたんだよ」

「リーダー格だった三人が体制側に日和（ひよ）ったわけか」

「全共闘系の学生はノンセクト・ラジカルだったから、日和ったとか転向したという言い方は正しくないね。それでも、昔の仲間たちに背を向けたことは確かだろう」

「それで〝ユダ〟なんて落書きをされたんだな」

「そうなんだろう。それから三つの狙撃事件の凶器は、ライフルマークからロシア製のドラグノフという名の半自動小銃と判明したそうだ。銃弾は七・六二ミリで、狙撃兵たちが使ってる銃器だという話だったよ」

「ロシア製の半自動小銃ですか。天神島で襲いかかってきた二人の白人男もロシア人と思われるから、見沢が連続狙撃事件にタッチしてる疑いが濃くなってきたな」

「そうだね。ただ、天神島の二人が新関たち二人をシュートしたんではなさそうだ。死んだ三人は、たった一発で仕留められてたというんだよ」

「大変な射撃術だな。天神島の二人は、おれたちを仕留められなかった」

「ああ、そうだね。しかも、あの二人は標的が死んだかどうかも確認しないで、慌(あわ)てて逃げていった」

「そうでしたね。そんな奴らが新関たち三人を一発で殺(や)れるとは思えない。旧ソ連が崩壊したとき、ＫＧＢ(カーゲーベー)や特殊部隊(スペッナズ)のメンバーたちが何人も新興企業家や犯罪組織の用心棒になったらしいから、極東マフィアに元軍人がいてもおかしくないな」

　成瀬は言った。

「ロシアには何百という犯罪集団があるそうだが、喰(く)えなくなった軍人たちが各グループに流れ込んだんじゃないか」

「そうでしょうね。見沢がロシアのマフィアと繋がってることがはっきりしたら、連続狙撃事件に関わってると考えてもよさそうだな」

「おれも、そう思うよ」

「磯さん、狙撃犯の目撃情報は？」

「それがね、目撃者はひとりもいないらしいんだ」

「ひとりもいないですって⁉」

「ああ。新関は入学構内、松宮は役所の近くで、片山は角菱商事の本社前でシュートされたんだが、誰も犯行を目撃してないというんだ。報道部記者に聞いたところによると、ドラグノフ半自動小銃は望遠照準鏡を使った場合、有効射程は千メートルらしいんだよ。単独犯か複数による犯行かわからないが、おそらくスナイパーは標的から数百メートルも離れたビルの屋上か非常階段の踊り場から撃ったんだろうね」

「どこから撃ったにしろ、当然、誰かが銃声を耳にしてるでしょ？」

「ああ、それはね。多分、犯人は発砲して、すぐ逃げたんだろう。そう考えると、元軍人の仕業っぽいな」

「そうなんでしょう。ついでに確認しておきたいんだけど、きのう、被害者宅の塀や玄関ドアに落書きした奴を見た者は？」

「そっちは、それぞれ不審者が近所の人たちに見られてるんだ。いずれも五十代後半の男たちだったらしい」

「そいつらは、天神島にいた九人の失業者のうちの三人なんじゃないのかな？」

「そう考えてもいいだろうね。見沢と綾香はともかく、その九人は首都圏の隠れ家に潜んでるんじゃないのかな。殺された新関たち三人は都内在住だったから」

「問題は、見沢と真木綾香がどこにいるかだな」

「成やん、彼らが裏をかいて真木の自宅マンションに潜伏してるとは考えられないかな？」

磯村が言った。

「『大岡山エクセレントレジデンス』ですか。ちょっと考えにくいな。だって七〇八号室には、真木淳也さんの遺骨があるんですよ。まさか見沢と綾香がそんな部屋で暮らす気にはならないでしょ？」

「ふつうは、そう思うよな。だから、裏をかいたんじゃないかと思ったんだよ。ホテルやウィークリーマンションを転々としてるよりも、ずっと見つかりにくいんじゃないか」

「なるほど、そうかもしれないな」

「成やん、おれはこれから真木の自宅マンションに行ってみるよ」

「なら、おれも大岡山に向かいます」

成瀬は通話を切り上げ、ジャガーを走らせはじめた。

それから間もなく、脇道から出てきた後続の黒いエルグランドが妙に気になった。後ろの車は一定の車間距離を保ったまま、ずっと追尾してくる。敵の回し者かもしれない。

成瀬は減速し、ミラーを仰いだ。

エルグランドを運転しているのは、ジャガーを覗き込んでいた男だった。どうやら尾けられていたようだ。尾行者をどこかに誘い込んで、正体を吐かせる気になった。

成瀬はスピードを上げた。エルグランドも加速する。

試しにわざと裏通りを走ってみたが、やはりエルグランドは追ってきた。もはや疑いの余地はない。

成瀬はジャガーを表通りに乗り入れた。

やや渋滞気味だった。エルグランドの運転者はジャガーを見失うことを恐れたらしく、大胆にも二台後ろに割り込んだ。

五、六分走ると、左手前方に大型リサイクルショップが見えてきた。

その店の広い駐車場にジャガーを入れた。案の定、エルグランドは従いてきた。成瀬はジャガーを駐めると、店内に駆け込んだ。

陳列台の陰に身を潜め、出入口に視線を向ける。

待つほどもなく、ジャガーの車内を覗き込んでいた男が店の中に入ってきた。

成瀬は中腰になった。男があたりをきょろきょろと見回し、店の奥に向かった。成瀬はそっと店の外に出て、物陰に走り入った。

数分が流れたころ、男が慌ただしく店から飛び出してきた。

成瀬は男の首筋に手刀打ちを浴びせた。男が呻いて、その場にうずくまりそうになった。

成瀬は相手を車と車の間に引きずり込み、水月（鳩尾）に逆拳を叩き込んだ。

相手が尻から落ちた。成瀬は男の後ろに回り込み、右腕で喉笛を強く圧迫した。男が苦しげに唸った。

「見沢に言われて、おれを尾けてたんだなっ」

成瀬は、相手の喉をさらに絞めた。男が唸りながら、横に駐めてあるスカイラインの車体を掌で叩いた。

成瀬は利き腕の力を少し緩めた。男は喘ぐだけで、何も答えようとしない。

「まだ粘る気か」

成瀬は舌打ちして、右の膝頭で男の背中を五、六回蹴った。男がむせて、またスカイラインのボディーを叩いた。

「救急車に乗りたいのかっ」

「もう荒っぽいことはやめてくれ」

「見沢に頼まれたんだな？」

「そうだよ」

「奴と真木綾香はどこにいる？」

「それはわからない。見沢さんから電話であんたの行動を探（さぐ）ってくれって頼まれたんでな」

「そんな言い訳が通用すると思ってるのかっ。なめるな！」

「嘘（うそ）じゃない。信じてくれよ」

「ふざけやがっ！」

成瀬は男の首をまたもや締め上げた。男が長く唸った。そのとき、背後で男の声がした。

「あんたたち、そこで何をしてるんだ？」

「えっ」

成瀬は振り向いた。駐車場の走路に三十二、三歳の男が立っていた。リサイクルショップ名の入ったエプロンをしている。

「個人的な揉（も）め事なんだ。口を挟まないでくれ」

「そうはいきません。ここは当店の駐車場なんです。喧嘩（けんか）なら、他所（よそ）でやってください。迷惑なんです！」

「すぐ話をつけるから、もう引っ込んでくれ」

「いい加減にしないと、警察を呼ぶぞ」

「わかった、わかった」

成瀬は言って、右腕を男の首から外した。

次の瞬間、尾行者が敏捷（びんしょう）に身を起こし、駐車場の金網（フェンス）を乗り越えた。フェンスの向こう側は幅五メートルほどの道路になっていた。

成瀬はすぐに金網を越え、逃げる男を追った。

男は裏通りを駆け抜け、広い車道に飛び出した。数秒後、鈍（にぶ）い衝突音がした。白いワンボックスカーに撥（は）ねられた男の体が高く宙を舞った。

落下したのは二十メートルほど先の舗道だった。

俯（うつぶ）せに倒れたまま、微動だにしない。頭と両耳から血を流している。

通りかかった男女が撥ねられた男に大声で呼びかけた。しかし、なんの反応もない。

白いワンボックスカーが路肩（ろかた）に寄せられた。

人身事故を起こした営業マン風の若い男が運転席から出て、倒れている男に近づいた。

全身が小さく震えている。

女連れの男が白いポロシャツの胸ポケットからスマートフォンを取り出し、救急車を呼んだ。事故の加害者は蒼（あお）ざめた顔で、被害者に幾度も呼びかけた。

だが、やはり反応はない。

成瀬は大股（おおまた）で来た道を引き返し、リサイクルショップの大駐車場に戻った。さきほどの従業員の姿はなかった。

成瀬は大駐車場を歩き回り、撥（は）ねられた男が乗っていたエルグランドを見つけ出した。ナンバープレートに〝わ〟の字が見える。レンタカーだ。

成瀬は万能鍵を使って、エルグランドのドア・ロックを外した。

車内を覗く。荷物は何も見当たらない。

グローブボックスから車検証を取り出し、レンタカー会社に電話をかけた。受話器を取ったのは若い女性だった。

成瀬は交通巡査を装って、黒いエルグランドの借り主のことを問い合わせた。

氏名は稲垣光博（いながきみつひろ）で、年齢は七十二歳だった。現住所は中野区内になっていた。電話番号も教えてもらった。

成瀬は稲垣の自宅に電話をかけた。

少し待つと、高齢と思われる女性が電話口に出た。

「わたし、稲垣光博さんの大学の後輩なんですが、いらっしゃいますか？」

成瀬は、でまかせを澱（よど）みなく喋った。

「光博はおりません。知り合いの別荘に遊びに行くと言って出かけたままなんですよ」

「失礼ですが、お母さんでしょうか？」

「ええ、そうです。わたくし、少し耳が遠いの。もう九十四ですのでね。できたら、大きな声で……」

「わかりました。稲垣先輩に緊急に連絡を取りたいんですよ。お知り合いというのは、もしかしたら、見沢貞夫さんのことでしょうか？」

「ええ、そうです。見沢さんとは学生のころから親しくしてたみたいで、その方が瀬戸内海の別荘付きの島を買われるときに息子は名義を貸したようなの」

「なぜ、そんなことをなさったんです？」

「見沢って方、何か理由があって、自分が所有権者になることを避けたかったらしいんですよ」

稲垣の母親が言った。

「その島は香川県の天神島でしょう」

「あら、よくご存じね」

「見沢さんとも多少つき合いがあるんです。それはそうと、天神島には現在、誰もいないんですよ」

「そうなんですか」

「多分、稲垣先輩は見沢さんの他の別荘かどこかにいると思うんですが、その場所がわからないんですよ。ご存じでしたら、教えていただけませんか」

「わたくしも知りません」

「そうですか。先輩は見沢さんと何か大きなことをやるようなことを言ってたんです。ぼくも仲間に入れてもらいたくて、稲垣さんにどうしても会いたいと思ってるんですよ」

「そうなの。光博が何を申したか知りませんけど、息子に引きずられないようにしてくださいな。あの子ったら、いい年齢して理想論ばかり語って、地に足がついてないの。二十代のころから転職を繰り返して、ついに結婚もしなかった。親不孝者ですよ、光博は。子供のころは秀才と他人に言われたもんだったのに」

「お忙しいところを申し訳ありませんでした」

成瀬は電話を切って、自分の車に足を向けた。徒労感は拭えなかった。

ジャガーで、大岡山に急ぐ。

『大岡山エクヤレントレジデンス』に着いたのは五十数分後だった。マンションの横に黒いプリウスが停まっていた。磯村が借りたレンタカーだ。

成瀬はジャガーをプリウスのすぐ後ろに停止させた。車を降りると、磯村が歩み寄ってきた。

「勘が外れてしまったよ。七〇八号室の電気のメーターはまったく動いてなかったし、郵便物もだいぶ溜まってた」

「そうですか。こっちは敵の回し者をいったんは取り押さえたんだが、思いがけないことになってしまって……」

成瀬は苦々しい思いで、稲垣のことを語りはじめた。

4

会葬者（かいそうしゃ）は五十人足らずだった。

成瀬は物陰から、稲垣家の門に視線を向けていた。中野区本町一丁目の住宅街の一角だ。

三日前の夕方に交通事故死した稲垣光博の告別式である。

見沢が柩（ひつぎ）に手を添えることを期待しているのだが、どうなるか。

成瀬は目を凝らした。門の斜め前には霊柩車が待機している。その後方には、黒塗りのハイヤーとマイクロバスが連なっていた。ハイヤーはセンチュリーだ。

数分後、柩が運び出された。七、八人の男が柩を支えていたが、その中に見沢はいなかった。柩が霊柩車に収められると、稲垣邸から故人の親族らしい男女が姿を見せた。その中にも、見沢は混じっていない。

読みは外れてしまったようだ。

仲間のひとりが急死したというのに、見沢は弔問にもやってこないのか。情のない男だ。あるいは、見沢は火葬場に先回りして、そこで野辺の送りをする気なのかもしれない。

黒いフォーマルスーツを着た人々が道路の両側に並んだ。いよいよ出棺だった。

霊柩車がホーンを短く鳴らし、滑るように走りはじめた。ハイヤーとマイクロバスが後につづく。

成瀬は身を翻した。脇道に走り入り、急いでジャガーに乗り込む。

午前十一時を回ったばかりだった。きょうも暑い。すでに気温は三十度を超えていそうだ。

成瀬はマイカーを発進させ、広い通りに出た。

マイクロバスに従う形で、ジャガーを走らせつづける。およそ三十分で、火葬場に着いた。成瀬はジャガーを火葬場の横の路上に駐め、出入口に回り込んだ。

カジュアルな服装では、火葬場の敷地には入りにくい。どうしても人目についてしまう。

成瀬は金網越しに敷地内を覗き込んだ。

火葬炉と休憩室のある白い建物の周囲には、夏の花が咲き誇っていた。じっと待つことに飽きてしまった幼児たちが、花壇のそばで笑い声をたてている。まだ祖父か祖母の死を実感できないのだろう。

まだ残暑が厳しい。ずっと外に立っていたら、熱中症になりそうだ。

成瀬は車に戻った。ジャガーを火葬場の出入口に面した通りに移動させ、ヘッドレストに頭を預けた。

出入口の前にタクシーが停まったのは小一時間後だった。

成瀬はタクシーの客を目で確かめた。降り立ったのは見沢だった。

待った甲斐があった。成瀬は、ほくそ笑んだ。黒のフォーマルスーツに身を包んだ見沢が、足早に火葬炉のある建物の中に入っていった。

見沢が出てきたら、尾行して隠れ家を突きとめるつもりだ。

成瀬は懐からスマートフォンを取り出し、磯村に電話をかけた。

留守録モードになっていた。相棒は昨夜、どこか酒場で熟れた中年女性と意気投合し、そのままホテルに泊まったのか。アイドル歌手との苦い同棲生活にピリオドを打ってから、もっぱら磯村は四、五十代の大人の女性とつき合っている。

といっても、いま現在は特定の恋人はいないようだ。まだ枯れてはない。どこかで適当に遊んでいるのだろう。

成瀬はセブンスターに火を点けた。深く喫い込む。

一服し終えたとき、磯村から電話がかかってきた。

「悪い！　トイレに入ってたんだよ。午後から、綾香の実家に行って録音音声をチェックするつもりなんだ」

「その必要はありませんよ」

成瀬はそう前置きして、経緯をかいつまんで話した。

「それじゃ、おれもそっちに行こう。二台の車でリレー尾行したほうがいいだろ？」

「とりあえず、おれが見沢の潜伏先を突きとめますよ。そしたら磯さんに連絡するんで、そっちに来てください」

「ああ、わかった。それはそうと、帝都電力、大変なことになったな」

「え？」

「成やんは、まだ知らなかったか。今朝十時ごろ、廃炉作業中の福島第一原発3号機が爆弾テロの標的にされそうになったんだよ。幸いにも軍事炸薬が搭載された無人小型飛行機は原子力発電所内の樹木に激突して、大事には至らなかったんだがね。それでも樹木が何十本も爆風で噴き飛ばされ、職員棟の一部が損壊したらしいよ。それから職員たちの車も十数台、使いものにならなくなったそうだ」

「死者は出たんですか？」

「いや、八人の職員が重軽傷を負っただけで済んだみたいだよ。帝都電力も、泣きっ面に蜂だな」

磯村が言った。

帝都電力は原子力発電所の再生を断念し、廃炉を決めた。

「停止中の原子炉が直撃されてたら、大惨事になってたでしょうね」

「成やんの言う通りだな。核燃料を覆ってる炉心隔壁にひびが入り、再循環系配管にも損傷が見つかった。軍事炸薬が原子炉圧力容器を直撃してたら、デブリが拡散して核汚染は避けられなかっただろう」

「最悪の場合、未回収の核燃料にまで火が点いてたかもしれませんね。そんなことになったら、福島第一原発全体が消滅し、周囲数十キロ、いや、数百キロのエリアまで……」

「想像するだに恐ろしいね」

「犯人は、反原発運動グループなんでしょうか。いや、そうじゃなさそうだな。彼らは核燃料のことをよく勉強してるだろうから、そんな蛮行(ばんこう)には及ばないでしょう。磯さん、テレビのニュースでは犯人について、どう報じてました？」

「警察は犯人の手がかりをまったく摑んでないようだ。事件現場から数百メートル離れた場所でドローンを飛ばしてた四十代の男に職務質問したようだが、シロだったらしい」

「そうですか。犯人が誰であれ、本気で解体中の原子炉を狙(ねら)ったんだとしたら、クレージーだな」

「本気で廃炉を爆破させる気はなかったんだと思うよ。きょうの事件は威嚇(いかく)だったんじゃないかな。本気で廃炉を狙う気なら、発電所の防犯システムの盲点を衝(つ)いて爆発炎上させただろう。防犯システムの弱点を見つけることは容易じゃないと思うがね」

「犯人の目的は、帝都電力から巨額の金を脅し取ることなのかな？」

成瀬は呟(つぶや)いた。

「そうだと思うが、ひょっとしたら、愉快犯の犯行だった可能性もあるな。アメリカ並に劇場型の犯罪が増えてきたからね」

「電力会社を困らせてやれってわけですか？」

「そう。人間は勝手なもんで、原発による電力を消費しながら、原発反対なんて唱えたりする。矛盾だらけなんだが、それとこれは違うと言い張る」

「磯さん、意外なことを言うんだな。てっきり原発には全面的に反対だと思ってましたけど」

「基本的には地熱や風力発電が望ましいと考えてるよ。しかし、いま原発をすべてやめちまえと言えるかい？　そんなことは現実にはできっこないだろう。もちろん、徐々に危険性の少ない方法で電力を生み出すのがベストだ。しかし、それには莫大な金と時間がかかる。風車一基が何億円もするんだ。地球温暖化のことを考えれば、ガソリン車に乗るよりも電気自動車に乗るほうがいいことは誰もがわかってる。でも、庶民がエコカーを手に入れられるようになるのは、ずっと先だろう。話を元に戻すと、原発をやめるにはそれなりの準備が必要だと言いたかったんだ」

「おれも磯さんと基本的には同じ考えです。ランプとかキャンドルだけで生活してる人間が原発を目の仇にするのはいいけど、核燃料による電力で快適な生活をしてる奴が偉そうに原発を非難するのは狡いですよ。それに偽善っぽいな」

「おれも偽善は大嫌いだよ。露悪趣味のある相手とは朝まで一緒に酒を飲みたいと思うが、偽善者とはコーヒーも飲みたくない」

「磯さんもおれも、かなり天の邪鬼だね」

「波長が合うから、年齢に開きがあってもコンビを組めるんだろう」

「そうなのかもしれません」

「話が脱線してしまったが、見沢の隠れ家がわかったら、すぐ教えてくれないか」

磯村が言って、先に電話を切った。成瀬はカーラジオの電源スイッチを入れ、チューナーを動かした。

「繰り返しお伝えします。廃炉作業中の福島第一原発の敷地の樹木に軍事炸薬を搭載したドローンを激突させた犯人が、さきほど主要マスコミにファクスで犯行声明を寄せました」

男性アナウンサーが少し間を取って、言い継いだ。

「『斧』と名乗る犯人グループは、犯行の目的は原子力発電所の破壊ではないと強調しています。自分たちは世直しをする目的で、政府を同じテーブルにつかせたくて犯行に及んだと表明しています。犯人たちが政府に何を要求する気でいるのかは、いっさい不明です。その点については、まったく触れていません。ただし、政府が彼らの要求を突っ撥ねた場合は稼動中の原発をすべて爆破すると結ばれていました。すでに政府首脳は犯人側の要求文を読んだようで、ついさきほどから閣僚会議が行われている模様です」

アナウンサーがまた言葉を切り、福島第一原発爆破事件の負傷者の氏名をゆっくりと読み上げはじめた。

『斧』と名乗っている犯人グループに見沢たちが関与している可能性がないとは言えない。犯人たちは何を政府に要求したのだろうか。それがわかれば、見沢が絡んでいるかどうかわかるだろう。

成瀬はラジオのスイッチを切って、相棒のスマートフォンを鳴らした。

磯村がツーコールで電話に出た。成瀬はラジオで聴いたニュースの内容を伝えた。

「テレビ局の報道部記者から犯人グループが政府にどんな要求をしたのか探り出せってことだね？」

磯村が確かめた。

「察しがつきましたか。ええ、その通りです。なんとなく見沢が『斧』に関わってるかもしれないと思ったんで、犯人グループの要求内容を知りたくなったんですよ」

「成やんの直感は正しいかもしれないな。こっちも犯人どもが政府に何を要求したのか、なんだか気になってきたよ。早速、報道部記者に探りを入れてみよう」

「よろしく！」

「見沢は、まだ火葬場から出てこないんだな？」

「そうなんですよ。骨揚げが終わるまで、もう少し時間がかかるんでしょう。よく知らないけど、遺体が灰になるまで二時間はかかるんでしょうからね」

「ああ、そのくらいはかかるみたいだぞ」

「稲垣を追っかけたこと、いまになって何か後味が悪くなってきましたよ。火葬場の煙突から煙が薄く立ち昇ってるんだけど、それを見たせいかな」

「成やん、あんまり深刻に考えないほうがいいよ。別にそっちが稲垣って男を車道に突き飛ばしたわけじゃないんだから」

「そうなんですけどね」

成瀬は言った。

ちょうどそのとき、火葬場から見沢が出てきた。そのことを告げ、成瀬は電話を切った。

見沢は出入口のそばにたたずむと、煙草をくわえた。迎えの車を待つ気なのだろう。

数分が過ぎたころ、見沢の前に黒いレクサスが停まった。

運転席には五十年配の男が坐っていた。額が禿げ上がり、大きく後退している。細身だった。見沢が助手席に坐った。すぐにレクサスは走りだした。

尾行開始だ。成瀬はジャガーを発進させた。

第四章　極東マフィアの影

1

追尾中のレクサスが八王子ＩＣを通過した。

中央自動車道だ。下り線の流れはスムーズだった。

成瀬は百メートル以上の車間距離を保ちながら、慎重に尾行していた。

見沢の隠れ家は、どこにあるのか。まるで見当がつかなかった。

白いコットンジャケットの内ポケットでスマートフォンが着信音を響かせた。

成瀬はハンズフリーにした。発信者は磯村だった。

「成やん、犯人グループの要求内容がわかったぞ」

「どんな要求をしてたんです？」

「『斧』は、これまでに国がメガバンクに注入した公的資金を全額回収して、その金を失業者対策費に充(あ)てろと言ってるらしい。それからね、公務員の大幅リストラをして、天下りも禁じろと命じたそうだ」

「それだけ？　金は政府に要求してないんですか？」

「ああ、そうなんだよ。報道部記者の話によると、首相官邸にファクス送信されてきた要求文には金のことは触れてなかったというんだ」

「ファクスはどこから？」

「小平(こだいら)市内にあるコンビニから送信されてる。ただ、要求文を鵜呑(うの)みにしてもいいものかどうか。おそらく犯人グループは泉田(いずみだ)首相に電話をかけて、裏取引を持ちかけてるんだろう」

「そうなのかもしれませんね。要求文には、きれいごとばかり書かれてる。まるで世直しだけが目的という印象を与えるけど、それはカムフラージュなんじゃないのかな」

「そう考えてもいいだろうな。政府が要求を無視した場合は、帝都電力の柏崎刈羽原発を爆破すると予告してるらしいんだ」

「ただの威(おど)しでしょうが、閣僚たちは震え上がってるでしょうね」

成瀬は言った。

「泉田総理は強気らしいが、ほかの大臣たちは狼狽してる様子だったという話だよ。そうだ、肝心のことが後回しになってしまった。要求文の失業対策の項で犯人グループは、年金や預貯金の少ない高齢者たちを優先的に再就職させろと付記してあったらしいんだ」

「それ、団塊の世代の求職者に働き口を見つけてやれってことですよね？」

「そうなんだろう。その付記のことを報道部記者に教えてもらったとき、おれは見沢が『斧』に関わりがあると直感したんだが、成やんはどう思う？」

「磯さんの直感は当たってると思います。おれも付記の内容を聞いて、そう感じましたんで」

「そうか。それはそうと、犯人グループが要求してる内容は、どれも現内閣が勝手に決められることじゃない。国会で議案が可決するまでには長い時間がかかる」

「ええ、そうですね」

「犯人グループは無理な要求を突きつけて、政府を窮地に追い込みたいんじゃないかね。『斧』は、総選挙の早期実現を狙ってるのかもしれない。景気対策の効果がいっこうに上がらないんで、泉田内閣をぶっ潰したいと考えてる政治家は多いはずだ」

「しかし、いまの野党が単独で政権を執るなんて可能性は零に等しいでしょ？」

「現内閣の崩壊を最も望んでるのは民自党の最大派閥なんじゃないのか。ここらで日本の経済を再生させないと、民自党は野党に甘んじなければならなくなるかもしれない。そんな危機感から、民自党の古狸（ふるだぬき）どもが泉田内閣を崩壊に導く気になったんじゃないだろうか。国民に核汚染の恐怖を与えただけで、現閣僚たちは総辞職せざるを得なくなるだろうからね」

　磯村が長々と喋（しゃべ）った。

「仮にそういう狙いがあったとしたら、全共闘運動の熱心な活動家だった見沢貞夫は民自党の最大派閥と手を組んだことになりますよね。そこまで堕落するもんかな」

「成（なる）やん、いまの見沢は薄汚れた犯罪者なんだ。共同体（コミューン）建設の話で昔の仲間たちから二十三億一千万円も騙（だま）し取って、真木淳也の口も封じさせた。あいつは、もう損得だけしか考えてないんだろう」

「だから、以前は天敵だった民自党の古狸どもとも手を結ぶ可能性はあるというわけですか？」

「だと思う」

「磯さん、見沢は高校時代の級友に花火を打ち上げると洩（も）らしてたんですよ。民自党の最大派閥の下働きめいたことをしても、花火を打ち上げたことにはならないでしょう？

見沢は昔の仲間たちから詐取した金を軍資金にして、世直しの真似事をしたいと考えてるんじゃないのかな。そのくらいのことをしないと、ただの負け犬で終わっちゃうんでね」

「見沢が意地や矜持から、世直しをする気になったとは考えにくいな。あの男は、もう屑だよ。時には義憤に駆られることもあるだろうが、社会や市民のために体を張って何かをするとは思えない。あいつは骨の髄まで腐り切ってしまったんだよ」

　磯村が吐き捨てるように言った。

「確かに矜持を保ってる奴は詐欺なんかやらないでしょうね。それから、ロシアのマフィアと思われる男たちを雇ったりもしないでしょう」

「そうだよ。見沢が民自党の最大派閥と結託してなかったら、奴の個人的なダーティー・ビジネスにちがいない」

「磯さん、こうは考えられませんか。見沢は原発爆破を切札に政府に揺さぶりをかけて、帝都電力に犯人グループを金で黙らせろと言わせる気なんじゃないだろうか。帝都電力としては、ただでさえ竦み上がってるわけだから、政府筋から自社で収拾をつけろと言われりゃ、『斧』が要求した金を払う気になるでしょう」

「なるほど、そういう推測もできるか」

「もうじき見沢が『斧』と繋がってるのかどうか、それから犯行目的もわかるでしょう。おれ、いま見沢が乗ってる車を追尾中なんですよ。少し前に中央高速の八王子ＩＣを通過しました」

「そうか。なら、こっちもこれから中央高速に乗ろう。成やん、電話で道案内を頼む」

「了解！」

成瀬は電話を切り、ステアリングを両手で握った。

見沢を乗せたレクサスは、右の追い越しレーンを快調に走っている。山梨県か長野県あたりにある貸別荘を隠れ家にしているのか。

成瀬は追走しつづけた。

やがて、レクサスは上野原ＩＣを降りた。成瀬も一般道路に降り、相棒に電話をかけた。磯村は現在、稲城ＩＣの手前に差しかかっているという。

レクサスは中央本線の線路を越えると、南下しはじめた。

成瀬は用心しながら、レクサスを追った。

数十分走ると、秋山村という住所表示板が目に留まった。民家は疎らだ。畑と雑木林が目立つ。

レクサスは蔬菜畑の中をしばらく走り、高い生垣に囲まれた古い民家の敷地の中に入っていった。

成瀬はジャガーを民家の数十メートル手前で停め、ふたたび磯村に電話をした。道順と民家の特徴を手短に伝え、スマートフォンの通話終了ボタンを押す。成瀬は十分ほど時間を遣り過ごしてから、静かにジャガーを降りた。

土と樹々の匂いが混じり合った外気が鼻腔に滑り込んできた。近くの雑木林では、野鳥がさえずっている。陽は、まだ高い。古い民家の前で張り込んでいたら、怪しまれるだろう。

成瀬は通行人を装って、民家の前を通り抜けた。

広い内庭に人の姿はなかった。車庫には、レクサスと白いセレナが並んで駐めてあった。

成瀬は少し先で、ターンした。今度はゆっくりと歩く。

門に差しかかったとき、玄関から白人の男が現われた。三十代前半で、スラブ系の顔立ちだ。体軀は逞しい。

天神島の二人組の片割れか。それとも、別人なのだろうか。

成瀬は生垣に身を寄せた。葉の隙間から、庭をうかがう。

栗色の髪の男は植え込みのそばにたたずみ、スラックスのポケットからスマートフォンを掴み出した。誰かに電話をかけ、早口のロシア語で喋りはじめた。

男の表情は柔和だった。電話相手は若い女性なのかもしれない。

白人の男は十分ほどで通話を切り上げ、二階建ての民家の中に引っ込んだ。どの窓も閉まっていた。成瀬は家屋に忍び寄りたい衝動を抑え、自然な足取りでジャガーに戻った。車を数十メートル後退させ、煙草に火を点ける。

暗くなったら、古い民家に接近するつもりだ。家の中には、天神島から逃げた失業者たちや真木綾香もいるのだろうか。

磯村がレンタカーのカローラでやってきたのは午後三時半過ぎだった。

成瀬はジャガーを降り、カローラに駆け寄った。レンタカーの助手席に坐り、磯村に経過を話す。

「まともに敵のアジトに押し入るのは賢明じゃないな。成やん、日が暮れたら、生垣か庭木にガソリンをぶっかけて火を点けよう。炎が上がったら、家の中から何人か飛び出してくるだろう」

「その隙に家屋の中に忍び込んで、見沢か真木のかみさんを取り押さえるんですね」

「そうすれば、見沢の手下たちは何もできなくなるだろう。成やんは、いつも予備のガソリンを数リッター、トランクの中に入れてたよな？」

「きょうも入れてあります。磯さんが思いついた作戦、悪くないな。よし、その手でいきましょう。おれが家の中に忍び込むから、磯さんは放火魔になってください」

「わかった」

「どうせなら、家に火を点けちゃいましょうよ。そうすりゃ、敵の奴らが焦って全員、表に飛び出してくるでしょうからね」

「成やん、それはまずいよ。民家が炎に包まれたら、すぐ消防車がくるだろう。しかし、小火程度なら、一一九番はされないかもしれない」

「そうか、そうでしょうね。それまで少し体を休めておくか」

「ああ、そうしよう」

磯村が言って、早くもドライバーズ・シートの背凭れを一杯に倒した。東京から秋山村までレンタカーを運転しただけで、かなり疲れたのだろう。

成瀬はカローラを出て、ジャガーに戻った。はるか年上の相棒に倣って、倒した背凭れに上体を預ける。うとうとしかけたとき、スマートフォンが着信音を発しはじめた。

成瀬は寝そべったまま、スマートフォンを耳に押し当てた。

「おれだよ」

リストラ請負人の斉藤裕太だった。

「このスマホのナンバー、よくわかったな。買い換えて間がないんだが……」

「個人情報ってやつは、どこかで漏れてるもんさ。そんなことより、あんたに頼みがあるんだ」

「おれが撮った例のもののことだな？」

「そ、そう。あれ、なんとか譲ってもらえないか？」

「おれは、保険を掛けておきたいんだよ。関東義友会の連中に追い回されたくないからな」

「そんなことはさせない。だから、おれの弱みの証拠を五百万で買い取らせてくれないか。頼むよ」

「小森はどうしてる？」

「あいつはおれの仕返しを恐れたようで、東南アジアのどこかに潜伏してる」

「そうか。そっちが面倒見てた安奈は？」

「あの女も姿を消してしまったよ。そんなことより、例のもの、売ってくれ」

「考えておく」

「今夜、どこかで会えないか？」

「おれは、いま忙しいんだ。また連絡してくれ。そのころ、こっちが金に不自由してたら、相談に乗ってやるよ」

成瀬は一方的に通話を終わらせた。

スマートフォンを懐に突っ込み、瞼を閉じる。さきほどの眠気は、すっかり殺がれていた。成瀬はカーラジオの音楽を聴きながら、時間を遣り過ごした。

夕闇が濃くなったのは午後七時少し前だった。

成瀬は車を降り、トランクルームからポリタンクを取り出した。タンクの中には、五リッターのガソリンが入っている。

トランクリッドを押し下げたとき、磯村が近づいてきた。

成瀬は磯村と目顔でうなずき合った。

磯村がポリタンクを持ち上げ、そろそろと歩きだした。成瀬は雑木林に入り、古い民家に接近した。生垣を両手で掻き割り、敷地の中に忍び込む。

成瀬は家屋伝いに横に歩いた。

すると、広い座敷が見えた。電灯は点いていたが、雨戸は戸袋に入ったままだった。ガラス戸越しに、車座になって酒盛りをしている男たちの姿が見えた。八人だった。

見沢や綾香はいなかった。ロシア人らしい外国人の姿も見当たらない。別の部屋にいるのだろう。成瀬は建物の裏手に回り、反対側に出た。

残念ながら、どの窓も雨戸やカーテンで塞がれていた。内庭に目を向けると、道路側の生垣が燃えはじめていた。磯村が逃げていく足音が小さく聞こえた。

成瀬は暗がりに屈み込み、成り行きを見守った。

玄関から二人の男が飛び出してきた。どちらも七十代前半だろうか。

「生垣が燃えてるぞ。誰か水を持ってきてくれーっ」

片方の男が高く叫び、着ていた長袖シャツを脱いだ。もうひとりの男は家の中に駆け戻った。

長袖シャツを脱いだ男が、炎と煙を吐いている生垣に近づいた。

すぐに彼はシャツを炎に叩きつけたが、逆効果だった。煽られ、火の勢いは強くなった。

男が焦って、後ろに退がった。

そのとき、家の中からバケツや洗面器を持った男たちが次々に出てきた。むろん、中身は水だ。

男たちが鎮火に取りかかったとき、今度は家屋の向こう側の生垣が燃えはじめた。

磯村が気を利かせて、向こう側にも火を放ってくれたようだ。この隙に押し入るべきだろう。

成瀬は家屋に走り寄って、台所のごみ出し用ドアの内錠を万能鍵で外した。土足で上がり込み、廊下を進む。

見沢と綾香は奥の和室にいた。

二人は相前後して驚きの声をあげ、ほぼ同時に立ち上がった。成瀬は見沢に組みつき、右腕で喉仏を潰した。綾香が救いを求めそうな素振りを見せた。

「大声を出したら、見沢を絞め殺すぞ」

「やめて、そんなこと」

「座蒲団の上で、しばらく正坐してろ」

成瀬は綾香を睨めつけた。綾香は諦め顔になり、命令に従った。

「あんた、『斧』のリーダーじゃないのか?」

成瀬は見沢の耳許で訊いた。見沢は唸り声を発しただけだった。

そのとき、栗毛の白人男が部屋に入ってきた。マカロフPbを右手に握っている。サイレンサー・ピストルだ。

「おまえ、ボスから離れる」

男がたどたどしい日本語で言った。成瀬は舌打ちして、見沢から離れた。

見沢が綾香の手を取って、部屋から出ていった。

「ロシア人だな？」

「そうだ」

「極東マフィアのメンバーなんだろ？　見沢は何を企(たくら)んでるんだっ」

「わたし、何も言えないよ。その質問、答えにくいね」

「それで、充分に答えになってるよ。そっちの名前は？」

「わたし、アンドレイ・グラチョフいうね。でも、おまえ、わたしの名前憶(おぼ)えても、意味ない。もうじき死ぬことになるから」

アンドレイがサイレンサー・ピストルのスライドを引こうとした瞬間、成瀬はアンドレイの右手首をきつく握り、右の振り拳(けん)を見舞った。

逆拳は相手の顎(あご)に当たった。弾みで一発、爆発した。発射音は小さかった。圧縮空気が抜けるような音だった。

マカロフPbを奪い取ったとき、アンドレイが何か口紅ほどの大きさの筒を振った。

次の瞬間、成瀬は両眼に痛みを感じた。砂のようなものが目に入ったようだ。アンドレイが襲いかかってくる気配が伝わってきた。

成瀬は壁際(かべぎわ)まで退(さ)がり、サイレンサー・ピストルの引き金を絞った。目をつぶったままだった。

壁に着弾した。アンドレイが部屋から逃げる気配が伝わってきた。

視界の利かない成瀬は、追うに追えなかった。涙が異物を流してくれるまで待った。目を開けられるようになったのは数分後だった。

成瀬は部屋を飛び出し、階下の各室を検べた。誰もいなかった。すでに敵の一味は逃げたらしい。

成瀬は玄関から庭に走り出た。

レクサスもセレナも見当たらない。生垣は、まだ燃えくすぶっている。

通りに飛び出すと、磯村が駆け寄ってきた。

「成やん、無事だったか。よかった、よかった」

「見沢たちは？」

「連中は二台の車に分乗して、逃げ去ったよ。しかし、ほとぼりが冷めたら、ここに戻ってくるつもりなんだろう」

「多分ね。ここで奴らを迎え撃ちましょう。ロシア人の番犬から、このサイレンサー・ピストルをぶんどったんです。栗毛の白人男はアンドレイ・グラチョフという名でした。おそらく極東マフィアの一員でしょう」

「それを認めたのか？」

「認めはしませんでしたが、否定もしなかったんですよ」

「それなら、極東マフィアのメンバーなんだろう。見沢を締め上げることはできた？」

「見沢を締め上げかけたとき、アンドレイがやってきやがったんです。見沢と綾香が逃げた後、おれはアンドレイから武器を奪うことに成功したんですよ。だけど、アンドレイの目潰しを喰(く)らってて、野郎を追えなかった」

「そうだったのか。おれは成(なる)やんをバックアップしようと侵入するチャンスをうかがってたんだが、なかなか機会がなくてね。もたついてしまって、悪かったな」

「気にしないでください。磯さん、敵のアジトを物色してみましょう。何か手がかりを得られるかもしれないので」

成瀬は相棒に言って、先に古い民家の玄関に入った。

2

残弾は七発だった。

成瀬は、弾倉をリイレンサー・ピストルの銃把(グリップ)の中に戻した。アンドレイから奪った拳銃だ。

あと数分で、午前零時になる。

成瀬たち二人は、古い民家の奥座敷にいた。家の隅々(すみずみ)までチェックし、どちらも少し疲れていた。残念ながら、大きな手がかりは得られなかった。

ただ一つだけ収穫があった。

この家屋の所有者は、見沢の父親であることがわかった。彼の生家でもあった。見沢の父方の祖父母はとうの昔に他界している。その後、見沢の父親がセカンドハウスとして使っていたのである。

そのことは、この家に遺(のこ)されていたアルバムや郵便物から判明した。

生活に必要な日用品は、ひと通り揃(そろ)っていた。部屋数は十二室で、夜具は三十組ほどあった。

二階の七室に七十年配の男たちやアンドレイら数人のロシア人が寝泊まりしていた形跡があった。人数分のリュックサックとトラベルバッグは見つかったが、運転免許証やパスポートの類(たぐい)はなかった。現金や貴金属も見つからなかった。

銃器や弾薬も目に触(ふ)れなかった。おおかた別の場所に武器庫があるのだろう。

「敵の奴ら、戻ってこないな」

磯村がショートホープの火を揉(も)み消しながら、生欠伸(なまあくび)を嚙(か)み殺した。

「カローラとジャガーはずっと離れた林道に移しておいたから、連中はおれたちが引き揚げたと思ってるはずなんですけどね」

「奴ら、大事な物は持って逃げたから、別のアジトに移って、もうここには戻らないつもりなんだろうか」

「ええ、もしかしたらね。でも、もう少し待ってみましょう」

「そうするか」

「磯さん、少し横になったら？　目の下に隈ができてますよ」

成瀬は言って、近くにあった座蒲団を相棒に渡した。磯村が座蒲団を二つに折り、枕代わりにして身を横たえる。

「寝そべると、やっぱり楽だね。気は若いつもりなんだが、年々、体力は衰えてる。情けないな」

「誰だって年齢を重ねりゃ、体力はダウンしますよ。磯さんは、まだ体力があるほうだと思うな」

「いや、若いときのように無理が利かなくなったことは確かだ」

「おれだって、いつかそうなる。順番ですよ、年齢喰うのは」

「そうだがね。ところで、成やんはこういう古い日本家屋、どう思う？」

「天井が高いと、気持ちがいいですね。でも、気密性はあまり高くないようだから、冬はだいぶ寒いでしょう」

「だろうな。おれは、こういう家嫌いじゃないよ。もっと年齢を重ねたら、昭和初期に建築された家を買って、晴耕雨読の生活をしたいね。気が向いたら、陶芸をやったり、釣りをしたりさ」

「ひとりじゃ、なんとなく寂しいでしょ？」

「大人の女が時々、訪ねてきてくれたら、もう文句なしだね。さんざん男に苦労させられて、いまはもう人生を達観してるような成熟しきった女がさ」

「観音さまみたいな女は、めったにいないでしょ？」

「ああ、いないだろうな。しかし、そんな女といつか出会うかもしれないと考えただけで、なんだか胸がときめいてくるよ」

「磯さんは、ロマンティストですね。おれなんか、そんな女はいるはずないと思ってるから、夢想さえしない」

「そうか。別に恋愛至上主義者ってわけじゃないけど、人間はみな、恋をするために生まれてきたんじゃないかと思うときがあるよ」

「へえ」

「多くの人間が最も生き生きとするのは、恋愛してるときだと思うな。富や名声を得られたときも、それなりの喜びや誇らしさは感じるだろう。しかし、この世に生まれてきたことを感謝したくなるときは、やっぱり、誰かに惚れてる間なんじゃないか？」

「残念ながら、おれ、そこまで惚れた相手はひとりもいないな。好きになった女はたくさんいましたけどね」

「これはおれの持論なんだが、男の場合は四十歳以上にならないと、真の意味の恋愛はできないんじゃないかな。自分自身もそうだったが、若いうちは相手の外見の美しさや性的魅力に引きずられがちだからさ」

「実際、そうですね」

成瀬は正直に答えた。

「こっちも似たようなものだったよ。しかしね、男も四十代になると、性愛だけじゃ物足りなくなってくるんだ」

「メンタルな触れ合いがないと、確かにセックスは味気ないですよね」

「その通りだな。若い男の性衝動には、ほとんど愛情なんか含まれていない。動物的に牝を求めて、烈しい欲望をなだめてる場合が圧倒的に多い」

「だけど、若い女たちは男たちの凄まじい性エネルギーを完全には理解できてないから、相手が自分に惚れ抜いてると錯覚してしまう」

「初心な娘たちは、そうだろうな。しかし、そのうち男の欲望のメカニズムがわかってくる。そうなったら、女は強い！」

　磯村がおどけて言った。

「そう簡単に体を開かなくなるし、相手をいろんな角度から値踏みしはじめる。そう言いたいんでしょ？」

「事実、そうなる女が多い。人柄、知力、体力、資産、容姿、性の相性とチェックして、長くつき合っても損はない相手かどうか判断する」

「女は本質的にリアリストですからね。もしかしたら、この世に女のロマンティストはひとりも存在しないのかもしれないな」

「成やんは半分冗談で言ったんだろうが、その通りかもしれないぞ。十代の少女たちがロマンティストに映っても、それはずっと変わらないわけじゃない。ある年齢になって、男の本質がわかるようになると、いつの間にかリアリストになってる」

「そうですね」

「女性には子供を産む能力がある。実際に出産するかどうかは別にして、彼女たちは勁く生き抜いていける凄いパワーを持ってる。創造主が、体力面では男よりも恵まれていない女たちにプレゼントしたんだろうね。だから、女は逞しく生きていける」

「出産や体力面でハンディがある分だけ、精神力は男よりも勁いわけですね。生き抜くためには平気で嘘をつけるし、嘘泣きもできます」

「そうだね。それを女特有の狡さと言う男たちもいるが、そうじゃないと思う。女性たちは誰も生まれながらにして、名女優なんだよ。言っとくが、いまのは悪口じゃない。おれは肯定的なニュアンスを込めて、そう言ったんだ」

「わかりますよ、磯さん。そうじゃなければ、女は子供を産んで育て上げられないですもんね」

「その通りだね。か弱そうに見えても、女はいざとなったら、誰も底力を発揮する。だから、いつまでもロマンティストでなんかいられないんだ。どんな成功者でも、どんな荒くれ者でも、女から見たら、男はすべてガキなんだろう。いくらでも掌の上で踊らせることができる」

「女は偉大ですね。そんな女たちの歓心を買おうとしてる男たちは、さしずめ気のいい僕ってとこかな」

　成瀬は言って、セブンスターをくわえた。

　その直後だった。二階の屋根が爆破される音が轟いた。

ほとんど同時に、成瀬は爆風に噴き飛ばされた。視界の端に踞る磯村が映った。天井と壁は、いまにも崩れ落ちてきそうだ。

「磯さん、外に出ましょう」

成瀬は跳ね起き、ガラス戸を開け放った。

磯村が左腕を撫でさすりながら、走り寄ってきた。二人は庭に飛び降り、雑木林に向かって走りはじめた。

林の中に逃げ込んだとき、ふたたび炎に包まれた古い二階家が大音響とともに爆ぜた。柱や梁が飛散し、雨戸や羽目板も吹っ飛んだ。

民家の前の畑に人影が見える。

成瀬は闇を透かして見た。年恰好は判然としないが、男だった。四角いコントローラーを手にしている。爆薬を積んだドローンを二階の屋根に突っ込ませて、家屋ごと自分たちを殺す気だったのだろう。

成瀬は相棒に小声で、敵のいる場所を教えた。

「マカロフＰｈで、コントローラーを持ってる奴の脚を撃てないか？」

「ここからじゃ、遠過ぎます。磯さんは先にレンタカーに戻っててください。おれはドローンの操縦者にできるだけ近づいて、脚を撃ちます。生け捕りにして、見沢たちの居場所を吐かせましょう」

「おれも成やんと行動を共にする。自分だけ安全圏に退避するなんて、できないよ」

　磯村が言った。

「その気持ちは嬉しいけど、丸腰の磯さんが近くにいてくれても、かえって……」

「足手まといになる？」

「はっきり言うと、そうですね」

「成やんのそういう屈折した思い遣り、カッコいいよ。俠気が伝わってきて、なんだか嬉しくなる」

「磯さん、言われた通りにしてくれませんか」

「やっぱり、おれも一緒に行く」

「それは、ありがた迷惑ですね。磯さんと一緒にこんな寂しい所で殺されたくないんだ。おれ、死にたくないんですよ。頼むから、カローラの中で待っててください」

「いやだ」

「頑固だな」

　成瀬は苦笑し、磯村の水月に逆拳を叩き込んだ。磯村が呻きながら、その場にしゃがみ込む。

成瀬は心の中で相棒に詫びながら、アンドレイから奪ったサイレンサー・ピストルを右手に握った。

樹間を静かに縫いながら、雑木林の前の道に出た。マカロフPbを両手保持で構え、引き金の遊びを絞り込み、標的の下半身に狙いを定める。

コントローラーを持った男は、焼け落ちかけている家を見上げていた。炎の明るさで、思いのほか見通しが利く。

成瀬は息を詰めた。

銃身の揺れが止まった。撃つ。手首に反動が伝わってきた。

九ミリ弾は男の足許に着弾した。男が姿勢を低くして、視線を巡らせた。

成瀬は二弾目を放った。

またもや的を外してしまった。男が地面からドローンを掴み上げて、道路まで走り出た。すぐ路面にドローンを置いた。

いまがチャンスだ。

成瀬はできるだけパイロットに近づき、三発目を撃った。しゃがみ込んでいる相手の脚を撃つことは、きわめて難しい。銃弾は標的から、だいぶ離れていた。

残りは四発だ。もう無駄弾は使えない。

ドローンが舞い上がった。おそらく機には、爆薬が仕掛けられているのだろう。

磯村のいる雑木林から離れないと、危いことになりそうだ。

成瀬は横に走り、畑の奥に向かった。畝に足を取られるたびに、前のめりに倒れそうになった。宙を泳ぐドローンは高度を上げつつある。

成瀬は銃口を夜空に向けた。

ドローンはいったん高さ四十メートル前後まで上昇し、すぐに急降下しはじめた。成瀬は横に走り、四発目を疾駆させた。

しかし、命中しなかった。

ドローンは水平飛行したかと思うと、いきなり上昇しはじめた。そして、急降下してくる。パイロットがドローンを成瀬に体当たりさせようと焦っていることは、ありありと伝わってきた。

無駄な弾は打つな。成瀬は自分に言い聞かせて、畑の中を逃げ回りはじめた。

ドローンは高く飛翔するたびに、成瀬めがけて突進してくる。まともに体当たりされたら、ひとたまりもない。成瀬は畑を踏み荒らしながら、ひたすら逃げまくった。ドローンは執拗に襲いかかってくる。

「くそったれ！　撃ち落としてやる」

成瀬は地べたに仰向けになって、ドローンに狙いをつけた。充分に引き寄せてから、たてつづけに二発の九ミリ弾を連射した。

二発目の銃弾が標的に命中した。

次の瞬間、火の玉と化したドローンが派手に噴き飛んだ。あたり一面が明るむ。

成瀬は身を起こし、ドローンのパイロットに銃口を向けた。パイロットはコントローラーを小脇に抱えると、猛然と走りだした。

成瀬は逃げる男の脚に狙いをつけた。

最後の一発は、ほんの少しだけ的から逸れてしまった。パイロットの後ろ姿が、ほどなく闇に紛れた。

追っても、もう間に合わないだろう。

成瀬はサイレンサー・ピストルを地べたに叩きつけた。そのとき、雑木林から磯村が走り出てきた。

「成やん、どこにいるんだ？」

「ここです。おれは無傷で生きてる」

成瀬は右手を頭上で大きく振りはじめた。

3

枕許でスマートフォンが鳴った。

成瀬はベッドに横たわったまま、スマートフォンを掴み上げた。秋山村で爆殺されそうになった翌日の正午前だ。

「成やん、事件のこと、知ってるか?」

磯村がのっけに訊いた。

「事件? まだ寝てたんです。だから、ネットニュースも、テレビのニュースも観てないんだ。何があったんです?」

「『斧』の奴らが、今度は新潟の柏崎刈羽原発を狙ったんだ」

「えっ」

成瀬は跳ね起きた。

「停止中の原発を爆破させる目的で爆破装置を積んだ無人熱気球を原子力発電所に着陸させたようなんだが、幸いにも不発に終わったらしい」

「犯人グループは政府が要求を呑もうとしないんで、焦れたんじゃないのかな」

「そうなんだろう。今回は、本気で解体中の原子炉を爆破する気だったようだな。犯人グループの狙い通りになってたら、新潟だけじゃなく、隣接する富山や長野まで核汚染されてただろう」

「そうでしょうね。政府は、いったいどうするつもりなのか」

「それに関することで、例の報道部記者から、いい情報を入手したんだ。帝都電力の安井謙太郎社長がきのうの夕方、泉田首相と紀尾井町の料亭で密談したらしいんだよ」

「安井社長は、自社の原発の特別警備を頼んだんですかね？」

「それも考えられるが、おれは別の推測をしてるんだ。犯人グループは政府にもっともらしい要求をしてるが、実は金が目的ではないのか」

「政府から金を脅し取る気ではないかと？」

「おそらく『斧』は、政府と帝都電力の両方から巨額を脅し取るつもりなんだろう」

「磯さん、待ってよ。帝都電力を強請ることはそれほど難しくないでしょうが、政府はそう簡単には脅しに屈しないでしょ？」

「そうだろうか。一九七〇年三月に赤軍派が日航機『よど号』をハイジャックしたとき、人命尊重という立場から政府はほとんど犯人グループの言いなりだった。今回は犯人グループを怒らせたら、原発のある県が次々に核汚染されるだろう。だから、政府は犯人側と裏取引する可能性はあると思うね」

「そう言われると、確かにそうだな。帝都電力にしても、自社の原発が次々に破壊されるようなことになったら、倒産しかねない。政府の支援も期待できないでしょう」

「そうだろうね。だから、昨夜、双方が料亭で話し合って、裏取引に応じようと決めたんじゃないだろうか」

「そうだったとしたら、どこかで金の受け渡しが行われるはずですよね。日時と場所がわかれば、今度こそ見沢を取っ捕まえられるんだが……」

「首相官邸に電話盗聴器を仕掛けることは不可能だろう。しかし、帝都電力本社の電話ケーブルに盗聴器を仕掛けることはできるかもしれないな」

「ええ、そうですね」

「成(なる)やん、電話会社に知り合いはいないか？　いたら、そいつを金で抱き込んで、電話ケーブルに盗聴器を仕掛けてもらおうや」

「残念ながら、そういう知り合いはいません。磯さんのほうもいないんでしょ？」

「そうなんだ。ただ、浦君の友人に盗聴防止コンサルタントをやってる男がいたな。その彼は電圧テスターや広域電波受信機(マルチバンド・レシーバー)を使い、企業、ホテル、社員寮、一般家庭などに仕掛けられた各種の盗聴器を見つけ出して、一件三万から十万円の報酬を得てるらしいんだよ。確か寺久保という名だったな」

磯村が言った。

「盗聴器ハンターなら、地下の電話ケーブルに関する知識はありそうだな。磯さん、経済調査会社に勤めてる浦氏に頼んで、寺久保って男を紹介してもらってくれませんか。少しまとまった小遣いをやれば、案外、あっさりと電話ケーブルに盗聴器を仕掛けてくれるんじゃないのかな」

「わかった。浦君に早速、電話してみよう。ところで、見沢たちは天神島に戻ってるとは考えられないだろうか。ひょっとしたら、裏をかいて、あの島にいるんじゃないかと思ったんだよ」

「後で、勇三郎丸の船長に電話をかけて訊いてみます。それはそうと、真木淳也は別荘を持ってました？」

「別荘を持てるほどリッチじゃなかったよ。ただ、綾香は妹と共有名義の山荘を八ヶ岳に所有してる。父親が死んだとき、姉妹は遺産代わりに別荘を貰ったというんだよ」

「見沢たちが、その山荘にいる可能性もありますね。磯さん、その山荘の所有地を調べてもらえます？」

「ああ、いいよ。リゾート物件を専門に扱ってる不動産屋を装って、綾香の実家に電話をしてみよう」

「よろしく！」

成瀬は通話終了ボタンをタップし、香川県の藤田屋という船宿に電話する。勇三郎丸を所有している船宿だ。

当の船頭が受話器を取った。成瀬は名乗った。

「おう、あんたか。天神島では、えらい目に遭うたな」

「その節はお世話になりました。実は、ちょっとうかがいたいことがあるんですよ」

「なんや？」

「あれから天神島に人影は？」

「いっぺんも見とらんわ。桟橋にランナバウトも舫われてない。多分、誰も住んどらんのやろ」

「そうですかね」

「天神島にいた奴ら、何者だったんや？」

船頭が訊いた。

「まだ正体がわからないんですよ。何か非合法ビジネスをやってる疑いは濃いんですけどね」

とき」

「あんたらも無茶をやりよる。命は一つしかないんやで。あんまり無鉄砲なことはせん

「ええ、そうします。ありがとうございました」

成瀬は電話を切った。

ベッドから離れ、手早く洗顔を済ませる。コーヒーを淹れていると、磯村から電話がかかってきた。

「浦君が寺久保氏に電話してくれたんで、少し前に盗聴防止コンサルタントと電話で喋ることができたよ」

「反応はどうでした？」

「最初は難色を示してたんだが、いろいろ事情を話したら、協力してくれるってさ。きょうの深夜か明け方、帝都電力本社の電話ケーブルに盗聴器を仕掛けてくれるそうだ。夕方、寺久保氏の事務所を訪ねることになったんだよ。謝礼は十万でいいと言ってた。それは、おれが払っておく。天神島のほうはどうだった？」

「島には誰も住んでいないという話でした」

「そうか。八ヶ岳の山荘の番地、わかったぞ」

「仕事が早いですね、さすが磯さんだ」

成瀬は山荘の住所をメモした。赤岳の麓だった。

「明日、行ってみるか？」

「おれ、これから八ヶ岳に行ってみますよ」

「ひとりじゃ、危険だな」

「連中が山荘にいるかどうか、ちょっと様子を見に行くだけです」

「本当にそれだけだね？」

「無謀なことはしませんって」

「そうしてくれよな。成やんは空手三段だが、敵には荒っぽいロシア人がいるんだから、油断は禁物だ。くれぐれも気をつけてな」

磯村が通話を終わらせた。

成瀬はあり合わせの冷凍食品を電子レンジで温め、大急ぎで腹ごしらえをした。部屋を出ると、すぐ八ヶ岳に向かった。

目的の山荘を探し当てたのは午後三時過ぎだった。

成瀬はジャガーＦタイプを百メートルほど先に停めた。人のいる別荘は少なかった。

車を降り、綾香が妹と共有している山荘に引き返す。アルペンロッジ風の建物は白樺に囲まれていた。敷地は五百坪ほどだろうか。

建物の裏側から男たちの掛け声が響いてきた。見沢の仲間たちが白兵戦の訓練に励んでいるのか。

成瀬は山荘の敷地に足を踏み入れた。

建物を回り込み、裏庭を覗く。やはり、七十二、三歳の男たち八人が白兵戦の訓練をしていた。全員、ジャージ姿だった。

見沢と綾香はロッジの中にいるのだろうか。

成瀬は逆戻りして、テラスにそっと上がった。テラスに面した広い居間には誰もいなかった。成瀬は居間から忍び込み、全室を検めてみた。

七室あったが、見沢と綾香の姿はなかった。二人は外出しているのか。それとも、別の場所にいるのだろうか。

居間の真下は地下室になっていた。

そこには、ドローンと折り畳まれた熱気球があった。ゴンドラも置かれている。ただ、火薬や爆破装置は見当たらなかった。それでも、『斧』のアジトであることは疑いようがない。

裏庭にいる連中が散ったら、誰かひとり痛めつけることにした。

成瀬は山荘を出て、隣接する雑木林の中に身を隠した。藪蚊を叩き潰しながら、時間を遣り過ごす。

四十分ほど経つと、八人の男たちは分散した。

七人はすぐ山荘の中に消えたが、ひとりはジョギングを開始した。その男を痛めつける気になった成瀬は雑木林の中を走り、やがて道路に出た。

人影はない。白髪の目立つ男は十数メートル先を走っていた。

成瀬は助走をつけ、男の背に飛び蹴りを見舞った。

男が前のめりに倒れる。成瀬は着地するなり、相手の脇腹を蹴った。男が唸りながら、体を丸めた。

成瀬は男の後ろ襟を摑んで、雑木林の中に引きずり込んだ。

「なんの真似なんだっ」

男が怒鳴った。

成瀬は黙ったまま、男の頭を右腕で抱え込んだ。そして、近くの太い樹幹に額を二度叩きつけた。相手の額が割れ、血が噴き出した。

「半殺しにされたくなかったら、こっちの質問に素直に答えるんだな。『斧』のリーダーは、見沢貞夫なんだろ？」

成瀬は問いかけた。

返事はなかった。成瀬は、また男の額を太い樹木の幹（みき）に叩きつけた。

「やめろ！　やめてくれーっ！」

「そろそろ喋（しゃべ）る気になったか？」

「あんたの言った通りだよ」

「見沢は、政府と帝都電力の両方から金を脅し取るつもりなんだなっ」

「そんなことは考えてないだろう。見沢さんは社会の歪（ゆが）みを正し、原発をなくそうとしてるだけだよ。われわれは彼の考えに共鳴したから、行動を共にしてるんだ」

「本気でそう思ってるんだったら、あんたはおめでたいな。見沢が共同体（コミューン）建設の話で釣って全共闘世代の二百三十一人から総額で二十三億一千万円を騙（だま）し取ったこと、おたくは知らないようだな」

「嘘だろ、そんな話⁉　見沢さんは全共闘運動に関わった者たちが力を合わせて、世直しをしようとわれわれに呼びかけてきたんだ。政府からも帝都電力からも、金を脅し取るなんてことは考えてないはずだよ」

「あんたたちは、奴に騙されてる。見沢は欲得で動いてるだけだ」

「われわれは見沢さんに利用されてるというのかっ」

男が声を尖（とが）らせた。

「そうだ。見沢はロシア人に大学の名誉教授、元エリート官僚、大企業の役員を狙撃させたが、それはあんたたち協力者を納得させるための小細工だったんだろう」

「いや、そんなことはない。見沢さんは、その三人の生き方が狡いと本気で怒ってたんだ」

「それは奴のミスリード工作にちがいない。ところで、アンドレイ・グラチョフは極東マフィアのメンバーだな？」

「……」

「急に日本語を忘れたのか？」

「そうらしいが、はっきりしたことはわからない。見沢さんは銃器の扱いに馴れた者を味方につけると心強いと考え、三人のロシア人を助っ人として雇ったんだ」

「アンドレイのほかの奴らの名は？」

「ユーリー・ルリコフとアレクサンドル・グーロフだよ。彼ら三人はウラジオストクを縄張りにしてる『ならず者（シュパナー）』という犯罪組織のメンバーだという話だが、気のいい連中なんだ。彼らは案外、紳士的なんだよ」

「見沢は、アンドレイたち三人を単なる番犬として雇ったわけじゃないはずだ。奴は極東マフィアと組んで、何かダーティー・ビジネスをやってるんだろう」

「そんなことはしてないと思うな」

「それは見沢を締め上げて、直に訊いてみる。奴と真木綾香はどこにいるんだ？」

「二人の居所はわからない。アンドレイたち三人はこの山荘で寝泊まりしてるんだが、いまはどこかに出かけてる」

男が言って、のろのろと立ち上がった。

次の瞬間、彼の頭部が砕け散った。被弾したことは明らかだが、銃声は聞こえなかった。男は倒れたまま、石のように動かない。もう生きてはいないだろう。

成瀬は身を屈め、視線を巡らせた。

道端に金髪の白人男が立っていた。サイレンサー・ピストルを握りしめている。ユーリー・ルリコフか、アレクサンドル・グーロフだろう。

ブロンドの男が雑木林の中に入ってきた。すぐに発砲してくる。

成瀬は弾が切れるまで逃げる気になった。

金髪の男はもう一発撃つと、なぜか雑木林の中を抜け出た。それから彼は、全速力で駆け出しはじめた。

成瀬は追った。

ブロンドの男は、山荘の前に停まっている黒いワンボックスカーに慌ただしく乗り込んだ。ワンボックスカーは急発進し、猛スピードで走り去った。

見沢は、極東マフィアたちに仲間の口を封じさせたのかもしれない。

成瀬はアルペンロッジ風の山荘に走った。

テラスから居間に入ると、血の臭いが籠っていた。リビングソファの陰に七人の男が折り重なっていた。七人とも頭部を撃ち抜かれている。

見沢は保身のため、八人の仲間を始末させたのだろう。汚い男だ。

成瀬は居間からテラスに出た。

4

周波数をＶＨＦ帯の百四十に合わせる。

雑音(ノイズ)が消え、音声が鮮明に耳に届いた。成瀬はジャガーの中で、盗聴音声を聴(き)きはじめた。

千代田区内にある帝都電力本社の裏通りである。午後一時過ぎだった。

八ヶ岳で金髪の白人男を取り逃がしたのは三日前だ。

なぜだか、射殺された八人の男たちのことはいまもマスコミで報じられていない。おそらく見沢がアンドレイたちに八つの死体をどこかに埋めさせたのだろう。

寺久保という盗聴器ハンターが帝都電力の電話ケーブルに超小型盗聴器を仕掛けてくれたのは、一昨日の深夜だった。

成瀬はきのう、自動録音された安井社長の電話内容をチェックした。しかし、政府筋や犯人グループとの遣り取りはまったく録音されていなかった。

きょうも空振りに終わるのか。

成瀬はそう思いつつも、耳をそばだてた。ほどなく聞き覚えのある初老の男の声が響いてきた。

――泉田です。

――総理、わざわざお電話をいただきまして申し訳ありません。

――安井社長、これ以上、敵を焦らすのは危険ですよ。『斧』が自棄になったら、あなたの会社の原発をことごとく爆破するかもしれません。十七基がすべて破壊されたら、少なくとも本州はほぼ全域、核汚染されることになるでしょう。

――それは重々、承知しております。ですが、当社も台所が苦しいんです。トラブル隠しが発覚した当初は全十七基のうち十六基が停止しておりました。その間、他の電力会社から四百万キロワットを融通してもらったわけですが、そんなことで大変な赤字を出してしまったんですよ。

――安井社長、まだそんなことを言ってるんですかっ。どうしてそんな呑気なことを言ってられるのかな。

――お言葉を返すようですが、いま、百億円を工面する余裕はないんです。取引銀行には何度も融資をお願いしたのですが、結局、色よい返事はいただけませんでした。別に出し惜しみをしているわけではありません。そのことだけは、どうかご理解ください。

――ええ、わかってますよ。それで関係省庁と討議を重ね、非公式に帝都電力さんに国税を四十億ほど回そうということになったんです。

――総理、その話は……。

――もちろん、嘘じゃありません。その代わり、そちらで六十億は用意してください。

――六十億なら、なんとか工面できそうです。総理、ありがとうございます。民間企業にそこまでしてくださるとは嬉しくて涙が出そうです。

――あなたの会社を見殺しにしたら、日本は核で絶滅してしまうかもしれないからね。といっても、こっそり回す国税四十億円は帝都電力に恵んであげるわけじゃありませんよ。三年以内に返済してもらいたい。利子を払えとは言いませんがね。

――ありがたいお話です。お借りする四十億円はできるだけ早くお返しいたします。

――そうしてください。癪だが、とりあえず犯人側に百億円を渡しましょう。

――はい。総理、警視庁と警察庁の公安は、『斧』のことをどのくらい把握しているのでしょう?

――もどかしいが、どちらも犯人グループを把握しきれていません。首謀者は過激派崩れと思われるんだが、まだ割り出すところまでは至っていないという報告を受けています。

――そうですか。

――敵は、実に悪知恵が回りますね。表向きは政府にもっともらしいことを要求し、裏では帝都電力から百億円を脅し取ろうとしてる。むろん、奴らの真の狙いは金なんでしょう。政府を出しに使うとは赦せん連中だ。

――ええ、まったく。

――そこで安井社長にお願いしたいんだが、敵から連絡があったら、百億円を小切手で直に手渡したいと条件を付けてほしいんですよ。

――そういう条件をすんなり受け入れるでしょうか? 犯人側は、金の受け渡し場所に捜査員たちが張り込むことを予想すると思うのですが。

――でしょうね。しかし、こちらの条件を呑まなければ、金は渡せないと強く突っ撥ねてほしいんです。

――強気に出たら、犯人側は、今度こそ当社の原子炉を爆破するのではありませんか。わたし、それが心配なんですよ。

――確かに際どい賭けですよね。しかし、敵に言われるままに架空名義の銀行口座に百億円を振り込んでしまったら、逮捕できなくなるかもしれないんです。

――そうでしょうが、犯人グループが腹いせに原子炉を爆破したら……。

――安井社長、肉を斬らせて相手の骨を断ってやりましょう。それぐらいの覚悟がなければ、この窮地から脱することはできませんよ。

――どうすればいいのでしょう!?

――おそらく敵は、こちらの要求を渋々呑むでしょう。犯人たちは一日も早く百億円を手に入れたいはずですから。

――そうでしょうか。

――社長、少しは強気にならないと、相手になめられっ放しになりますよ。ここは、ひとつ強気でいきましょう。

――は、はい。ただ、まだ不安が残ります。

――ご心配なく。小切手の受け渡し現場には、警視庁の特殊急襲部隊『ＳＡＴ』

のメンバーだけを張り込ませますよ。彼らは特殊訓練を受けていますので、並の刑事とは違います。犯人側に気づかれたりはしないでしょう。

――『SAT』の活躍ぶりは、わたしも知っております。本当に彼らだけを動かすということでしたら、わたしも強気に出ることにします。

――犯人側から何か連絡があったら、ご一報ください。四十億円の小切手は、すぐ用意させましょう。

――総理、よろしくお願いします。

通話が終わった。

やはり、『斧』の狙いは金だった。見沢は帝都電力から百億円をせしめて、いったい何をしようとしているのだろうか。

成瀬はそう思いながら、二本目の電話の録音音声を聴いた。発信者は大物財界人だった。

安井社長は相手と日本経済の行く末を案じはじめた。成瀬は音声を早送りした。

三本目の電話は、経済誌のインタビューの申し込みだった。安井は多忙を理由に取材を断った。四本目の電話の主の声は、低くくぐもっていた。男であることは確かだったが、年齢の判断はつかなかった。どうやらボイス・チェンジャーを使っているらしい。

――おれの声は忘れてないよな？

――ちゃんと憶えてますよ。『斧』のリーダーの方でしょ？

――そうだ。安井社長、よく聞け。今夜零時がリミットだ。それまでに百億出す気がなかったら、廃炉作業中の福島第二原発1号機の原子炉を爆破する。

――せめて明日の夕方まで待ってください。それまでには必ず百億円を用意します。

――駄目だ。もう時間稼ぎはさせない。午前零時がタイムリミットだ。いいな！

――わかりました。なんとか要求額を揃えましょう。

――やっとその気になったか。

――こちらにも、一つだけ条件があります。百億円を複数の銀行に振り込ませたいんでしょうが、それには応じられません。

――なぜだ？　架空名義を使われたら、犯人の割り出しが難しくなるからか。

――そうではありません。百億円は会社の裏金でお支払いするつもりなんです。ですんで、東京国税局に目をつけられたくないんですよ。といって、百億円を現金で運ぶわけにはいきません。万札で一億円だと、十キロの重さになります。百億円だと、千キロです。

――現金で受け取る気はない。銀行の本支店長振り出しの預金小切手を用意しろ。

——わかりました。七、八枚の預手になると思いますが、わたしが直接、あなたに手渡しします。そうさせてください。お願いします。

——そんな手には引っかからないぞ。受け渡し場所にのこのこ現われたおれをお巡りどもに逮捕させる気なんだろうが！

——いいえ、警察に協力を仰ぐ気などありません。わたしはあなたに預手を渡したら、一発だけ顔面にパンチを浴びせてやりたいんです。それだけですので、あまり神経過敏にならないでください。

——あんたとデートする気はない。

——何がなんでも会ってもらいます。

——あんた、おれに命令するのかっ。なめるんじゃない！

——殴りかかったりしませんから、どうしても会ってもらいたいんです。

——何か企んでるようだが、その手には乗らないぞ。こちらの指示通りに動け。いいな！　百億円の損金小切手を防水パウチに入れ、それを浮き輪に括りつけて、レインボーブリッジの上から午前零時ジャストに投げ落とせ。お台場海浜公園側に落とすんだ。わかったな。

——やっぱり、手渡ししたいんですよ。

——くどいぞ。あんた、おれを怒らせたいのかっ。

——そうじゃありません。

——あんたがおれの指示に従えないと言うんだったら、もはや決裂だな。帝都電力の全原子炉を即刻、爆破する。

——待って、待ってください。

——そうか。言うまでもないことだが、警察に泣きついたとわかったら、取引は中止だ。もちろん、ペナルティーとして、全原子炉を爆破する。

——警察には絶対に泣きついたりしません。

——それから、泉田にも余計なことを言うんじゃないぞ。

——わかっています。

——それじゃ、そういうことでな。

通話が途絶(とだ)えた。

安井がすぐ泉田首相に連絡し、経過を伝えた。泉田はただちに四十億円分の預金小切手を用意し、警視総監に『ＳＡＴ(サット)』の出動要請をすることを約束した。

成瀬は録音音声を停止させた。

自動録音装置付き受信機をグローブボックスに入れ、相棒の磯村に電話をする。経緯を話し終えると、磯村が言葉を発した。

「くぐもり声の男は、見沢と考えてもいいだろう」

「それは、まず間違いないでしょうね。見沢は、レインボーブリッジの上から海に投げ落とされた防水パウチを予め橋の下に潜らせていた仲間に回収させる気なんでしょう」

「成やん、そういう回収の仕方は警察に読まれるんじゃないか？　多分、警視庁は『SAT』のメンバーをお台場海浜公園近くの海中に潜らせるだろう。海上に屋形船や釣船に乗り込んだ隊員たちを配置させて、沖合には高速艇やヘリを待機させるにちがいない」

「となると、エアボンベを背負った仲間をレインボーブリッジの下の海に潜らせても、回収は失敗に終わるかもしれないな」

「そうだね。高速モーターボートや水上バイクを使って、防水パウチの括りつけられた浮き輪を回収させても逃げ切れないだろう」

「もしかしたら、ドローンを使って、浮き輪を吊り上げるつもりなのかもしれませんよ」

「それ、考えられるな。ドローンのパイロットは案外、橋の上にいて、そこで浮き輪を回収する気なのかもしれないぞ」

「磯さん、きっとそうですよ。おれたちはレインボーブリッジから夜景を眺める振りをしながら、怪しい奴を見つけましょう」

「二人が橋の上にいるのは、ちょっとまずいな。敵は意表を衝くような方法で、百億円分の預金小切手を手に入れる気でいるのかもしれないから」

「そうか、そうですね。どちらかひとりは海の上にいたほうがいいでしょう」

成瀬は言った。

「おれが高速モーターボートをどこかでチャーターして、海上で張り込もう。成やんは、橋の上にいてくれ」

「わかりました。お互いに午後十一時には、それぞれの配置につくことにしましょう」

「ああ。小切手を見沢自身が取りにくるとは考えられない。といって、稲垣を含めた九人の仲間はもう故人だ。三人のロシア人が連係プレイで、小切手入りの防水パウチを持ち去るんじゃないか」

「おれも、そうじゃないかと思ってたんです」

「そう。ユーリー・ルリコフって男は、極東マフィア『ならず者』のメンバーだと吐いたんだったな」

「ええ」

「それが事実なら、見沢には誰か共謀者がいるんだろう。あの男がロシア人マフィアを前々から知ってたとは考えにくいからな」

「そうですね。ロシア人と接触してる日本人となると、ある程度限られます。日ロ合弁会社に出資してる商社、魚介類を輸入してる水産会社、中古自動車販売会社、国際結婚斡旋（あっせん）所、航空会社、旅行社、それから銃器や麻薬を買い付けてる暴力団、ダンサーやホステスのリクルーターってとこかな」

「旧左翼系の政党議員、巨大労働組合連合会の幹部、ロシア語の通訳や翻訳家、バレリーナ、新聞社やテレビ局の支局員、留学生なんかもいるね」

「いま挙げた業種や職業の中で見沢と関連がありそうなのは？」

「旧左翼系の政治家、労働者団体の幹部、新聞社やテレビ局の役員だろうね。全共闘運動に関わってた人間でマスコミ関係の会社に入ったのは割に多いんだよ」

「そうですか。運動そのものは尻（しり）すぼみになってしまったけど、社会を少しでもよくしたいという気持ちからマスコミを志望したんだろうな」

「ペンで社会悪と闘いたいと大真面目に考えてた奴もいただろうが、その当時、マスコミ関係の仕事は若い男女の憧（あこが）れだったんだよ。新聞社、大手出版社、テレビ局の入社試験の倍率は千何百倍だったんだ」

「そうなんですか。さっき磯さんが挙げた政治家、労働貴族、マスコミ関係者の中に見沢とつるんでるのがいるのかな」

「消去法で考えると、そうなってくるね。ほかの業種や職業は見沢と関連性が薄い」

「ええ」

「それぞれの配置につくまで、だいぶ時間がある。お互いに少し体を休めておこう」

磯村がそう言って、先に電話を切った。

成瀬はジャガーを新橋に走らせ、駅近くのシティホテルにチェックインした。シングルルームで午後七時過ぎまで眠り、ゆったりとバスタブに浸かった。

グリルでビーフステーキを平らげ、時間ぎりぎりまで部屋で寛いだ。成瀬はホテルを出ると、車を汐留ランプに向けた。

高速湾岸線に入り、いったんレインボーブリッジを通過した。橋の周辺に『SAT』の隊員と思われる姿は見当たらなかった。湾岸市川ランプまで走り、すぐ湾岸道路を逆に戻る。成瀬はレインボーブリッジに差しかかると、ハザードランプを点けて車を寄せた。

路上駐車禁止ゾーンだったが、カップルたちの車が何台もパークされていた。

成瀬は車を降り、橋の上を大股(おおまた)で行き来(ゆき)した。気になる不審者は目に留(と)まらなかった。警視庁の『SAT(サット)』のメンバーが私服でどこかにいるのだろうが、それは見分けられない。

成瀬は道路下の歩行者専用橋に降りた。

若いカップルが幾組も身を寄せ合って、ベイエリアの幻想的な夜景に見入っている。成瀬は夜景を眺める振りをしながら、道路を一往復した。

ロシア人らしき男はひとりもいなかった。

ただ、橋のほぼ中央あたりにたたずんでいる三十前後の男は眼光が鋭かった。絶(た)えず左右に視線を泳がせている。『SAT(サット)』の隊員だろう。

懐でスマートフォンが着信音を刻んだ。成瀬は眼光の鋭い男に背を向けてから、スマートフォンを耳に当てた。発信者は磯村だった。

「いま、船の科学館の横の海上にいるんだ。チャーターした高速ボートは船体が真っ白で、横にマリンブルーのラインが二本入ってる。成(なる)やんの現在地は？」

「歩行者専用橋の中央付近にいます。お台場海浜公園側です」

「了解！　で、不審者の影は？」

「いまのところ、怪しい人物はいません。警視庁の『SAT(サット)』の隊員と思われる男がひとりいましたが。それから、帝都電力の社長の姿はなかったですね」

「そうか。こちらは、屋形船と釣船が大型船の航路を塞ぐような形で、ほぼ横一列に並んでる。多分、『SAT』がチャーターした船だろう」

「でしょうね。おそらくお台場海浜公園はもちろん、芝浦埠頭から大井埠頭まで捜査員が張り込んでるんでしょう」

「犯人グループが陸路を使って逃げたら、成やん、追跡を頼むぞ。海から逃げるようだったら、この高速モーターボートで追うよ」

「それじゃ、そういうことで」

成瀬は電話を切って、煙草に火を点けた。

橋の中央部に七十絡みの男が立ったのは、十一時五十分ごろだった。男は丸めたコートを抱えていた。安井社長だろう。

成瀬は、さりげなく男に近づいた。

やはり、安井だった。帝都電力の社長は、しばしばマスコミに登場している。成瀬は、週刊誌のグラビアで安井の顔を見ていた。

コートで隠されてるのは、防水パウチを括りつけた浮き輪にちがいない。百億円分の預金小切手の入った防水パウチを横奪りしたい誘惑に駆られたが、すぐに思い留まった。

『SAT（サット）』のメンバーに取っ捕まるだろう。

成瀬は眼光の鋭い男に怪しまれないよう用心しながら、安井の動きを注視した。

安井は午前零時一分前に黒っぽいコートを半分ほど捲（めく）った。現われたのは、蛍光ペイントされた桃色の浮き輪だった。空気注入口の近くに灰色の防水パウチが鎖で括（くく）りつけられている。単行本ほどの大きさだった。

安井が深呼吸してから、浮き輪を真下の海に投げ落とした。

成瀬は黒々とした海面を覗き込んだ。ピンクに光る浮き輪は漂（ただよ）いながら、少しずつ流されはじめた。敵はどんな手を使って、百億分の小切手をせしめるのか。ここは、お手並拝見といくか。

成瀬は右手の埠頭と左手のお台場海浜公園に交互に目をやり、時々、レインボーブリッジの下も見た。浮き輪に接近する船も水上バイクも見当たらない。海中でエア・ボンベから吐き出された気泡（きほう）が立ち昇ってくる様子もなかった。

浮き輪が数百メートル流されたとき、上空からパラ・プレーンが舞い降りてきた。

パラシュートとエンジンを組み合わせた軽便飛行遊具だ。ひとり乗りだが、高度五、六百メートルまで楽に上昇できる。数十キロの水平飛行が可能だ。

パラ・プレーンを操（あやつ）っているのはユーリー・ルリコフだった。パラ・プレーンが高度を下げ、墨色の海面に接近した。

ユーリーが何か紐（ひも）のような物を投げ落とした。それは鉤（フック）付きのロープだった。

鉤（フック）が浮き輪に引っかかった。

すぐにパラ・プレーンは垂直上昇しはじめた。ロープがまっすぐに伸びた。

成瀬は歯噛みした。

眼光の鋭い男が両手保持で自動拳銃を構え、上空を睨（にら）んだ。

パラ・プレーンは、すでに高い位置まで上昇していた。拳銃弾では届かない距離だ。

埠頭とお台場海浜公園から相前後して、狙撃銃の銃声がした。パラ・プレーンが水平飛行に移り、ふたたび上昇しはじめた。

それから間もなく、軽便飛行遊具は上空に消えた。警視庁航空隊のヘリコプターがテレコムセンタービルの向こうから舞い上がった。

パラ・プレーンは一般道路にも着陸できる。多分、ユーリーは逃げきるだろう。

成瀬は欄干（らんかん）を蹴った。実に忌々しかった。

第五章　捩(ねじ)れた関係の清算

1

成瀬はテレビの音量を上げた。

画面を凝視する。自宅マンションの居間だ。

少し前からニュースが流されていた。前夜の事件は、ごく簡単に報じられただけだった。

パラ・プレーンに乗った外国人男性がレインボーブリッジ上空を舞うという騒ぎがあったとしか伝えられなかった。パラ・プレーンを狙撃(そげき)しようとした『SAT(サット)』のことには、一切(いっさい)触(ふ)れなかった。

大勢の人間が銃声を聞いているはずだが、政府の意向で警察は発砲の事実を伏せざるを得なかったのだろう。

成瀬はセブンスターに火を点けた。

まんまと百億円分の預金小切手をせしめた見沢はいまごろ、どこかでほくそ笑んでいるにちがいない。昨夜は腹立たしくて、あまりよく眠れなかった。

もう正午過ぎだが、頭がぼんやりとしている。生欠伸も止まらない。

経済関係のニュースが終わり、画面に富士山麓に拡がる青木ヶ原樹海が映し出された。自殺のメッカとして知られている場所である。

「今朝五時ごろ、山梨県鳴沢村の外れの青木ヶ原樹海で年配のカップルの死体が発見されました。警察の調べで亡くなった男性は住所不定、無職の見沢貞夫さん、七十三歳。女性は東京・目黒区大岡山の主婦、真木綾香さん、六十九歳とわかりました」

男性アナウンサーが、いったん言葉を切った。

成瀬は一瞬、わが耳を疑った。だが、すぐに見沢と綾香の顔写真が画面に並んだ。

「二人はスカーフで片方の手首を結び合い、それぞれがトラベルバッグとハンドバッグを頭の上に置いてありました。遺体のそばには青酸化合物入りの壜が転がっていました。外傷はありませんでした。見沢さんのトラベルバッグの中には、パソコンで打たれた遺書が入っていました」

ふたたびアナウンサーが間を取った。いつからか、画像は青木ヶ原樹海に戻っていた。

「遺書には、帝都電力の廃炉作業中の福島第一原発と柏崎刈羽原発を襲ったテロ集団『斧』のリーダーは自分であると記されていました。見沢さんは全共闘運動をしていたころの仲間九人とアナーキーなやり方で世直しを試みたが、政府に要求を突っ撥ねられてしまい、自分たちの方法論が通じないことを思い知らされたと綴っています。また見沢さんは共同体建設の出資者を募り、同世代の男女から総額で二十三億一千万円を詐取した事実も認めています。そして、逮捕される前に学生時代に親しくしていた真木綾香さんと心中することにしたとも書かれていました」

画面が変わり、また見沢と綾香の顔写真が映し出された。

「なお、綾香さんの夫の真木淳也さんは社会派フリージャーナリストとして知られていましたが、先月下旬に何者かに拉致された末に殺害されました。その殺人事件に二人が何らかの形で関わっているのかどうかはわかっていません。警察は見沢さんと真木綾香さんが服毒心中したという見方を強めています。次は水難事故のニュースです」

荒川が映し出され、川辺にはカヌーとオールが置かれていた。

成瀬はテレビの電源を切り、煙草の火を揉み消した。百億円もの巨額を手に入れた見沢が昔の恋人と心中しなければならない理由は一つもない。カップルは一連の事件の共犯者か、首謀者に葬られたのだろう。

磯村に電話して、例の報道部記者から情報を入手してもらうことにした。

成瀬はコーヒーテーブルの上からスマートフォンを掴み上げ、相棒の短縮番号を押した。だが、あいにく話し中だった。

成瀬は通話終了ボタンをタップした。

すると、待っていたように着信ランプが点滅しはじめた。ディスプレイには、磯村の名前が表示されていた。急いでスマートフォンを耳に当てる。

「成やん、話し中だったね？」

「おれ、磯さんに電話してたんですよ」

「そうだったのか。見沢と真木の妻が死んだこと、もう知ってるだろう？」

「ええ。少し前に、テレビのニュースで知ったんです。びっくりしました」

「おれもだよ。こっちはネット・ニュースで二人が死んだことを知ったんだ。成やん、これは心中に見せかけた他殺だな」

「実は、おれもそう思ったんです。テレビ・ニュースでは外傷がなく、見沢の遺書もあったんで、覚悟の心中だろうと仄かしてましたけどね」

「絶対に見沢と真木綾香は殺されたんだよ。奴らは、帝都電力から百億も脅し取ったばかりなんだ。人生、それこそバラ色じゃないか。何が悲しくて心中しなけりゃならないんだ。成やんも、そう思うだろう?」

「ええ。見沢たちは、共犯者か黒幕に殺られたんでしょうね」

「ああ、それは間違いないだろう」

「しかし、遺書があって、外傷がなかったことから、警察は心中と断定しそうだな」

「いや、テレビ局の報道部記者の話によると、山梨県警は所轄署に捜査本部を設けるらしいんだ。地元署の老刑事が死んだ二人の足の指の股に注射痕があることを見つけて、司法解剖する必要があると強く主張したというんだよ」

　磯村が言った。

「注射痕ですか。見沢たちは麻酔注射で眠らされてる間に、青酸カリか何かを胃に送り込まれたんじゃないのかな。たとえば、圧縮ポンプ式のチューブで流動食と一緒に毒物をね」

「成やん、冴えてるじゃないか。多分、そういう方法で二人は致死量を上回る毒物を服まされてしまったんだろう。きょうの午後一時過ぎに司法解剖されるそうだから、そのあたりのことはじきにはっきりするはずだ」

「そうですね。百億円相当の預金小切手はユーリー・ルリコフの手から見沢にいったん渡されたが、結局、それは共犯者か首謀者に奪われてしまった。こっちはそう推測してるんだけど、磯さんはどう思います？」

「そう考えてるよ、おれも」

「いったい誰が見沢たち二人を心中に見せかけて始末したのか。実行犯は『ならず者(シュパナー)』の三人の誰かなんでしょうが、極東マフィアに殺人命令を下(くだ)した人物は？」

「そいつは見沢だけじゃなく、真木綾香のことをよく知ってる人物なんじゃないのかな」

「何か根拠でもあるんですか？」

「根拠と言えるようなものはないんだが、見沢の愛人まで殺す必要はないわけだろう？」

「ええ、そうですね。謎(なぞ)の人物には、真木綾香まで葬らなければならない理由があったってことか」

「ああ、多分ね。見沢の共犯者か黒幕は昔、綾香とも特別な間柄だったんじゃないのかな。前にも話したが、綾香は全共闘系の学生たちにモテモテだったからね」

「磯さん、彼女が見沢や真木氏以外に親しくしてた男は知らないの？」

「そこまではわからない。ただ、綾香は京陽大学全共闘の委員長のところにレポ役として、ちょくちょく行ってたな」

「そいつの名前は？」

　成瀬は問いかけた。

「えーと、確か霜川満だったな。一浪して京陽大学の法学部に入学してるんで、おれや真木よりも一つ年上なんだ。綾香とは五つ違いだね」

「どんな男なんです？」

「ちょっと苦み走ったいい男だよ。精密機器メーカーの創業者の次男坊なんだが、どこか斜に構えたとこがあったな。経済的な安定を求めたがってた学生たちをブタと蔑んでたよ。父親が利潤を追ってる姿を子供のころから見てきたんで、その反動で精神的な豊かさを求めてたんだろう。集会の前にビート詩人のアレン・ギンズバーグの詩集なんか読んでたな」

「そんな詩人がいるんですか。おれ、ほとんど本なんか読まないから、物を識らないんだよね。ちょっとコンプレックスを感じちゃうな」

「本をたくさん読んでるからって、別に偉いわけじゃない。物を識らないことだって、恥にはならないさ」

「だけど、物をよく識ってると、人生が豊かになるでしょ？　それから、無知が多くの偏見や誤解を生んでますよね。積極的に知らないことを学びたいと思わないと、周囲の人間の言葉を鵜呑みにしやすい」

「それはその通りだが、知性や学識と人間としての価値はイコールじゃない。ろくに新聞も読めないような無学の人からも教えられることは多いし、そういう人物の中にも尊敬できる者はたくさんいる」

「そうですね」

「一番始末が悪いのは知識人ぶってても、中身が薄っぺらで、権力や権威に擦り寄ってる連中だな。たとえば、エリート官僚であることを鼻にかけてる者とか家柄の自慢をしてる奴ね。そういう厭味な連中とは、絶対に酒を一緒に飲みたくないな」

「磯さんは、他人のために汗をかけない奴や涙を流せない奴は大嫌いだからね」

「成やんだって、そういうところがあるじゃないか」

「おれは俗物根性丸出しのわがままな男ですよ」

「自分のことを悪く言える人間は、それだけ成熟してる。話が横道に逸れてしまったが、若いころの霜川はちょっとカッコよかったよ。綾香が彼に魅せられたとしても、不思議じゃないね」

磯村が言った。

「その霜川って男は大学を出てから、どうしたんです?」

「大手鉄鋼会社に入社したんだが、組合活動に熱中して出世コースからは外されてしまったようだな。それで腐ったわけでもないだろうが、霜川は数年後に巨大労働組合連合会の総本部に移ったんだ。それから三十数年が経ち、いまや霜川は副委員長だよ」

「いわゆる労働貴族のひとりか。彼らは選挙で全面的にバックアップしてる野党から大事にされ、ライバル関係になる与党や財界からも一目置かれてるんでしょ?」

「ま、そうだね。彼らも一種の権威だから、ちやほやされるんだろうな。そんな扱いを受けてるうちに、次第に尊大になる者もいる」

「霜川はどうなんでしょう?」

「学生時代の友人たちの話だと、霜川は仕立てのよさそうな背広を着て、赤坂や銀座の高級クラブに出入りしてるらしいよ」

「なんだか実業家みたいですね。労働貴族にはいろいろ余禄が入るんだろうから、どうしても暮らしが派手になるのかな。それとも、もともと社長の息子だから、ブルジョア気質がつい出てしまったのか」

「友人たちから聞いた噂が事実だとしたら、その両方なんだろうな。ある有名なプロレタリア文学の大家は『お大尽の家に育った左翼系知識人には、労働者の辛苦や哀しみを真に理解することはできない』と書き遺してる。もちろん例外はあると思うが、その言葉は当たってるんじゃないかな」

「おれには、よくわかりません。ごく一般的な家庭に育ったから、ブルジョアたちや低所得層の生活そのものを知らないからね。ただ、人間って、一度でも贅沢な暮らしをしたら、その快適さはなかなか忘れられなくなる。現に泡銭で中古マンションやジャガーFタイプを手に入れたら、おれもいまの生活レベルをキープしたいと思いはじめてますもんね。酒だって、しみったれた飲み方したくないし、うまいものもたらふく喰いたい。金で手に入るものなんか、それほど価値はないと思ってても、リッチな暮らしは悪くない。だから、多くの人間が銭を欲しがるんでしょう」

「そうだろうね。話の腰を折るが、山梨県警の刑事になりすまして綾香の実家に電話をしてみるか。彼女が美大生のころ、霜川と交際してたかどうかぐらいは探り出せるだろうからな」

磯村がそう言い、通話を切り上げた。

成瀬はリビングソファに凭れ、紫煙をくゆらせはじめた。一服し終えたとき、磯村から電話がかかってきた。

「いま、綾香の弟と電話で喋ったんだが、やっぱり霜川と真木の妻は繋がってたよ。二人はわずか半年ほどだったらしいんだが、学生時代に同棲してたそうだ。霜川が別の女子大生とも交際してたことを知って、綾香は杉並の実家に戻ったという話だったよ」

「霜川と別れた後、綾香は見沢の彼女になったわけか。しかし、結婚したのは磯さんの友人の真木淳也氏だった。綾香は恋多き女だったんですね」

「そうだったんだろうな。成やん、霜川を少しマークしてみよう。彼なら、何度かロシアを訪ねてそうだ。極東マフィアの『ならず者』と接点があるかもしれない」

「そうですね。霜川の勤務先は、どこにあるんです？」

「JR四ツ谷駅の近くだよ。組合員七百万人を抱える全国労協連盟は自前の六階建てのビルを所有してるんだ。そのビルの前で午後四時に落ち合おう。霜川の顔を教えるから、二台の車でリレー尾行しようや」

「了解！」

成瀬は霜川の勤め先の所在地を詳しく教わってから、スマートフォンの通話終了ボタンを押した。

まだ朝から何も食べていなかった。成瀬は居間からダイニングキッチンに移り、冷蔵庫の中を覗いた。冷凍ピラフと冷凍グラタンがあった。その二つを電子レンジで温め、すぐに胃袋に収める。たいしてうまくはなかったが、とりあえず腹は膨れた。

成瀬は居間の長椅子に寝そべって、ぼんやりと時間を潰しはじめた。なんの脈絡もなく、かつての同棲相手の響子のことが脳裏に浮かんだ。

なんでいまごろになって、彼女のことを思い出したりしたのだろうか。響子が辻の妻になったので、なんだか惜しくなったのか。失ってみて初めて相手の存在の大きさに気づくとよく言うが、それなのだろうか。わからない。ただ、響子が辻の子を孕んでいると聞いて、なんとなく素直に喜べなかった。ということは、まだ響子に未練があるということなのか。

成瀬は自問自答してみたが、結論は得られなかった。

上体を起こして、セブンスターに火を点ける。半分ほど喫ったとき、コーヒーテーブルの上に置いたスマートフォンが鳴った。

スマートフォンを耳に押し当てると、なんと響子の声が流れてきた。

「この電話、涼ちゃんのスマホでかけてるの。あなたの新しいナンバーが登録されてたんで、つい発信キーを押してしまったのよ。ごめんなさい」

「なんだか声が暗いな。辻と派手な夫婦喧嘩でもしたのか?」

「そうじゃないの。一時間ぐらい前に涼ちゃんが芝居のリハーサル中に大道具の鉄骨櫓から転落したのよ」

「怪我をしたんだな?」

成瀬は早口で訊いた。響子は嗚咽にむせぶだけだった。

「救急車で担ぎ込まれたんだな?」

「ええ、そう。涼ちゃん、頭をまともに撲ってしまったの。それで、代々木の救急病院に運ばれて、いまMRIで脳の血管が破れてることがわかったんで、すぐ手術を受けることになったの。わたし、なんだか心細くなってしまって、誰かそばにいてほしくなったのよ。それで、あなたに電話しちゃったの」

「あいつが、辻が命を落とすようなことはないんだろ?」

「一命は取り留められるだろうけど、最悪の場合は寝たきり状態になってしまうかもしれないと言われたの」

「大丈夫だよ。手術は、きっとうまくいく。これから、すぐ病院に向かうよ。病院名と所番地を教えてくれないか」

成瀬は言った。響子はうろたえながらも、質問に答えた。成瀬は通話を切り上げ、すぐさま磯村のスマートフォンを鳴らした。

「なんか慌てた様子だな。成やん、何があったんだ?」

「着ぐるみ役者時代の仲間が大怪我したらしいんですよ。いま開頭手術中らしいんですが、代々木の救急病院に行ってやろうと思ってるんです」

「ああ、そうしてやりなよ。霜川のほうは、おれひとりで尾行するから、成やんはずっと病院にいてやるといい。な、そうしろって」

「悪いね、磯さん」

「何を言ってるんだ。早く電話を切って、病院に急げよ。それじゃ、切るぞ」

磯村が電話を切った。

成瀬は急いで着替えをして、慌ただしく部屋を出た。ジャガーで代々木に向かう。

目的の救急病院に着いたのは、およそ三十分後だった。

成瀬は受付で、手術室が三階にあることを教えてもらった。三階の手術室の斜め前のベンチに響子が不安顔で腰かけていた。まだ手術中の赤いランプが灯っている。成瀬はベンチに歩み寄った。

響子が立ち上がって、頭を垂れた。

「来てくれて、ありがとう」

「手術は、まだ終わらないのか？」

「三、四時間かかると言われたから、もうしばらく待たされそうね」

「そうか」

「演劇集団の仲間たちは？」

「涼ちゃんが手術室に入るまで付き添ってくれてたんだけど、公演日が迫ってるんで稽古場に戻っていったわ。涼ちゃんの代役も早く決めなければならないでしょうしね」

「そうだろうな。坐ろう」

　成瀬は言った。

　二人は並んでベンチに腰を落とした。重い沈黙を響子が突き破った。

「もし涼ちゃんが寝たきりになるようだったら、わたし、お腹の子、中絶するわ。育児と夫の介護をしたら、食べていけないもの」

「赤ちゃんは産めよ。子供を保育園に預けて仕事に復帰できるようになるまで、おれが生活費を回してやる。といっても、催促なしの出世払いで貸すだけだぞ」

「わたしを傷つけないよう、出世払いと言ったのね？」

「そっちには何かと世話になったんで、できるだけのことをさせてほしいんだ。辻は弟分みたいな奴だしな。それに、二人の間にできた子の顔も見てみたいからさ」

「気持ちは嬉しいけど、甘えるわけにはいかないわ」

「なんで？」

「年下のあなたに甘えたくないの。だって、わたしのほうがお姉さんなんだもん」

「つまらないことに拘るなって。昔、おれはさんざんそっちに甘えたんだから、その恩返しと思ってくれればいいんだ」

「わたし、気が強いから、かわいい女にはなれないの」

「この話は、もうよそう。まだ辻が植物状態になると決まったわけじゃない。きっと体は動くようになるよ」

「そうなってほしいわ」

「おれも心から、そう願ってる」

成瀬は響子の肩を軽く叩いた。

2

卓上に写真が並べられた。

十数葉はあった。いずれも前夜、磯村がデジタルカメラで隠し撮りした動画のコマをプリントしたものだ。

成瀬は円卓に目を落とした。

赤坂にあるチャイニーズ・レストランの個室席だ。卓上には前菜とビールが載っている。

　昨夜、開頭手術を受けた辻は幸いにも一命を取り留めることができた。神経の麻痺も避けられた。二カ月後には退院できるという話だった。

「男は霜川だよ」

　磯村が説明した。

「ちょっとニヒルな感じで、カッコいい奴ですね。霜川と一緒にいるプラチナブロンドの白人女性は？」

「霜川の愛人のナターシャ・スミノフだよ。ロシア人だ。ナターシャは二十六歳なんだが、二年前まで銀座のクラブでピアノを弾いてた。そんな彼女を霜川が見初めて、自分の愛人にした。ナターシャは、この店の近くにあるマンションに住んでるんだ」

「磯さん、調査の腕を上げましたね。たった一日で、そこまで調べ上げるとはたいしたもんだ。プロの探偵も顔負けでしょう」

「種明かしをすると、浦君と例の報道部記者から情報と写真を貰ったんだよ。きのう、霜川は午後七時に職場を出ると、まっすぐナターシャの部屋に行ったんだ。世田谷区桜にある自宅に帰り着いたのは午前二時過ぎだった。それまで霜川は、ロシア美人の白い肌を貪ってたんだろう」

「磯さん、なんか羨（うらや）ましそうな口ぶりだな」

「おれは二十代の女には興味ないよ。どんなに肉体が瑞々（みずみず）しくても、自分の娘より若い相手は抱けない。それ以前に共通の話題がないだろうから、退屈しちゃうだろう」

「かもしれないな。それはともかく、大変な収穫ですね。愛人がロシア娘なら、霜川が極東マフィアの『ならず者（シュパナー）』の三人を雇ったこともうなずけます」

「そうだね。多分、ナターシャの身内か知り合いが、『ならず者（シュパナー）』のメンバーなんだろう」

「ええ、その可能性はあるでしょうね」

成瀬は写真をひとまとめにして、磯村に返した。前菜の中華サラダに箸（はし）をつけ、ビールを傾けた。

あと数分で、午後六時半になる。

成瀬たち二人は腹ごしらえをしたら、霜川の愛人宅に押し込む段取りになっていた。ナターシャを人質に取り、パトロンの霜川を締め上げるつもりだ。

「ナターシャは、結構、日本語が達者なんだ。ちょっとアクセントがおかしいが、成（なる）やんやおれの言ってることは理解できるだろう」

「そいつは助かるな。おれ、ロシア語は素晴らしい（ハラショー）ぐらいしか知らないし、英語も片言しか喋れないからね」

「こっちも似たようなもんだよ」

磯村が言って、ショートホープをくわえた。

それから間もなく、一定の間隔を置きながら、海老のチリソース、鮑のオイスターソース炒め、チンジャオロース、春巻き、烏賊とアスパラガスの旨煮が運ばれてきた。

二人はビールを飲みながら、ダイナミックに食べた。デザートの杏仁豆腐も平らげた。

「ふうーっ、喰ったなあ。食欲を充たした後は、少し運動しないとね」

「たっぷりカロリーを消費してくれ。おれは、いい映像を撮るよ」

磯村がにやりとして、ジャスミン茶をひと口飲んだ。成瀬は飲みかけのビールを一息に空けた。

ほどなく二人は店を出た。

駐車場のジャガーFタイプに乗り込み、赤坂七丁目に向かった。ナターシャの住む賃貸マンションは、ドイツ文化会館の斜め裏にある。

ほんのひとっ走りで、目的のマンションに着いた。南欧風の造りだった。十一階建てだ。

成瀬は車をマンションの横の脇道に停めた。

「ナターシャの部屋は七〇七号室だよ」

磯村が言って、先に助手席から腰を浮かせた。成瀬はエンジンを切った。

二人はマンションの表玄関に向かった。

オートロック・システムにはなっていなかった。管理人の姿も見えない。

成瀬たちは勝手にエントランスロビーに入り、エレベーターで七階に上がった。七〇七号室はエレベーターホールの左側にあった。

成瀬は相棒を見張りに立たせ、万能鍵で七〇七号室のドア・ロックを外した。チェーン・ロックは掛けられていなかった。

二人は部屋に忍び込んだ。どちらも靴は脱がなかった。間取りは2LDKだった。

居間の照明は灯っていたが、ナターシャの姿はない。

「おれは寝室を覗いてみるよ」

磯村がリビングの右手にある寝室に足を向けた。左手にある和室の襖は開け放たれていた。無人だった。

成瀬はダイニングキッチンを抜け、洗面所に急いだ。脱衣所を兼ねた洗面所のドアをそっと開けると、ハミングが聞こえた。ナターシャはバスタブに裸身を沈めながら、ジャズのスタンダードナンバーをくちずさんでいるようだ。

成瀬は浴室のドアを押し開けた。

やはり、プラチナブロンドの若い白人女がバスタブに浸かっていた。

胸は豊満だった。淡紅色の乳首は小ぶりで、乳暈は大きく盛り上がっている。

飾り毛は濃い。毛脚も長かった。白っぽい恥毛は湯の中で海草のように揺らめいていた。

「あなた、どこの誰⁉　どうやって、この部屋に入ったの？　わたし、ちゃんとドアのロックをしたのに」

「万能鍵を持ってるんだ。あんた、ナターシャ・スミノフだな？」

「なぜ、わたしの名前を知ってるの⁉　わたし、あなたと一度も会ったことない。あっ、強盗なのね」

「大声を出すと、体が血塗れになるぞ」

成瀬は上着のポケットから工作用の大型カッターナイフを摑み出し、刃を五、六センチ出した。

「お金なら、あげる。だから、わたしの体を傷つけないで」

「おれは押し込み強盗じゃない」

「話がよくわからないわ」

ナターシャが両腕を交差させ、胸の隆起を隠した。なぜか白人女性は他人に裸身を見られた場合、反射的に乳房を隠す。股間を覆うケースは少ない。日本人女性は、たいてい胸と恥丘を手で隠す。

「湯船から出るんだ」

「あなたがどうしたいか、わたし、知りたい。それがわからなければ、ここから出ないわ」

「逆らわないほうがいい」

成瀬はカッターナイフの切っ先をナターシャの首筋に当てた。ナターシャが目を剝いた。青い瞳がいまにも零れ落ちそうだ。

「霜川の彼女は入浴中だったのか」

脱衣室兼洗面所で、磯村が言った。

「あなたたち、霜川さんに何か恨みでもあるの？」

「個人的な恨みはない。しかし、どうしてもきみのパトロンに確かめたいことがあるんだよ」

「あなたは紳士的ね」

ナターシャが磯村に言った。磯村が微苦笑する。

「おれは、ちょっと荒っぽいぞ」

成瀬はナターシャの片腕を摑んで、乱暴に立ち上がらせた。湯が波立ち、飛沫が洗い場まで飛び散った。

成瀬はナターシャを浴室から引きずりだした。

磯村が純白のバスタオルを無言で差し出した。ナターシャがバスタオルを受け取り、体を手早く拭った。侵入者が二人とわかったからか、彼女は少し怯えはじめた。

成瀬たちはナターシャを寝室に連れ込んだ。

十五畳ほどの広さだった。ダブルベッドが中央に据え置かれている。洒落たベッドカバーで覆われていた。

「わたしに何をさせるの？　それ、早く知りたい」

「おれの前にひざまずけ」

「あなた、変なこと考えてるんじゃない？」

「顔やおっぱいを傷つけられたくなかったら、言われた通りにするんだな」

「カッターナイフ、使わないで！」

ナターシャが涙声で言い、両膝を床に落とした。

成瀬はペニスを摑み出した。まだ欲望はめざめていない。

「あなた、わたしをレイプする気⁉　お金も指輪も、それから腕時計もあげる。だから、わたしにおかしなことはしないで」

「殺されたくなかったら、早くくわえるんだ」

「わたし、まだ死にたくない」

ナターシャが男根の根元を握り込み、伸ばした舌で亀頭を舐め回しはじめた。張り出した部分をなぞられているうちに、成瀬は雄々しく猛った。

ナターシャが陰茎を深くくわえた。

舌技には変化があった。成瀬は体の底が引き攣れるほど昂まった。

寝室の隅にいる磯村がデジタルカメラを手にして、ナターシャに近づいた。ペニスを頬張っているロシア美人の横顔を動画撮影した。

目を閉じているナターシャは、撮られていることに気づいていないようだ。成瀬は腰を引き、前を整えた。

「急に気が変わったの？」

「淫らなシーンは撮り終えた。どうしても霜川をここに呼びつけたいんだよ。霜川がこの部屋に来れば、恥ずかしい動画をインターネットで流したりしない」

「彼が来なかったら、流すの？」

ナターシャが言った。

「そんなことされたら、困るよな？」

「もちろん、困るわ」

「だったら、何がなんでも霜川にこのマンションに来てもらうんだな」

成瀬は冷然と言い放った。

ナターシャが諦め顔でサイドテーブルからスマートフォンを掴み上げ、パトロンに連絡をした。

成瀬はベッドに浅く腰かけ、耳をそばだてた。ナターシャは激しい腹痛に見舞われ、心細くて仕方がないと喋っている。もっともらしい嘘だ。電話の遣り取りは短かった。

「どうだった？」

「三十分以内にここに来てくれるって」

「そうか。霜川は部屋のスペアキーを持ってるな」

「ええ。わたし、何か着てもいいでしょう？」

「パトロンが来るまで、そのままでいてくれ」

成瀬は言って、上着のポケットから大型カッターナイフを取り出した。

ナターシャが目を伏せ、床に坐った。すぐに彼女は立てた膝を両腕で抱え込んだ。

「見沢貞夫と真木綾香のことを霜川から聞いたことはあるか？」

「その二人は、霜川さんの学生のときの知り合いね。一度、四人で食事をしたことがあるわ。霜川さん、見沢さんたちにサイドビジネスをやらせてると言ってた。だけど、どんな仕事なのかは教えてくれなかったの」

「そっちのパトロンは見沢たちを唆して、とんでもない悪さをしてた疑いがあるんだ」

「どんなことをしてたの？」

「それは、後でわかるだろう。それはそうと、霜川が極東マフィアの『ならず者』のメンバーを三人ばかり雇ってたことは知ってるか？」

「その三人って、アンドレイ・グラチョフたちのことね？」

「ああ、そうだ。ほかの二人は、ユーリー・ルリコフとアレクサンドル・グーロフだよ」

「アンドレイたち三人は、わたしの父の弟の子分よ。叔父のウラジミール・スミノフは、『ならず者』のボスなの」

「そうだったのか」

「わたし、霜川さんに自分の叔父を紹介した。二人はすぐに仲良くなって、何か共同ビジネスをやりはじめたの。それで、アンドレイたち三人は日本でビジネスの手伝いをしてるのよ」

「どんなビジネスなんだ？　ロシアでだぶついてる銃器や麻薬を密売してるのか？　それとも霜川とそっちの叔父貴は、ロシア人を日本に不法入国させてるのかな」

「そんな危ないことはしていない。断定的なことは言えないけど、二人は国際結婚の斡旋みたいなことをしてるみたいよ」

「ロシア娘と日本人の男をくっつけてるというのか？」

「ええ、多分ね。でも、あまり儲かってないみたい。だから、霜川さんは見沢さんと別のサイドビジネスをやる気になったのかもしれないわ。霜川さん、いまの仕事はもう飽きちゃったみたい。いつかアメリカでビッグビジネスをしたいと言ってる。そのときは、わたしも一緒にアメリカに移住することになってるの。彼、ちゃんと奥さんと離婚してくれるって。それを言われた日、わたし、嬉しくて眠れなかったわ」

「そうかい」

　成瀬は相棒を見た。磯村が、にやりとした。思いがけない形で大きな手がかりを得られたことを二人は目顔で喜び合った。

「見沢さんと真木綾香さん、富士山の麓の樹海で心中しちゃった。新しいビジネス、うまくいかなかった？」

「そうじゃないだろう。きっと霜川が、ご用済みになった見沢と綾香をアンドレイたちに始末させたにちがいない」

「あなたの言ってること、ちょっとおかしいよ。見沢さんたち二人は毒を服んで死んだ。テレビのニュースで、そう言ってた」

「まだマスコミ発表はされてないが、心中に見せかけた殺人事件だった疑いが濃いんだよ」

「彼が見沢さんたち二人をなぜ誰かに殺させなければならないの？　わたし、それがわからない」

ナターシャが小首を傾げた。

「『斧』と名乗るテロリスト集団が帝都電力の原子力発電所の炉を爆破しようとした事件は知ってるな？」

「それ、知ってる。犯人たちは福島と新潟の原子力発電所を襲ったんでしょ？　わたし、テレビのニュース、ちゃんと観た」

「そのテロリストグループのリーダーは、死んだ見沢だったんだ」

「わたし、その話、とても信じられない。見沢さん、いつも紳士的だった」

「人は見かけによらないもんさ。見沢は世直しと称して、政府にもっともらしい要求を突きつけた。しかし、それは一種のカムフラージュだった。見沢は水面下で帝都電力を脅して、百億円を出させたんだ」

「百億円も⁉」

「ああ。現金じゃなく、預金小切手をせしめたんだがな。小切手を直に手に入れたのは、金髪のユーリー・ルリコフだった」

「えっ」

「ユーリーが見沢の黒幕であるわけない。見沢に帝都電力から百億円を脅し取らせたのは、霜川なんだろう。おそらく首謀者の霜川は百億円を独り占めしたくなって、参謀の見沢と昔の恋人の真木綾香をアンドレイたちに始末させたんだろうな」

「綾香さんは、霜川さんの恋人だったって⁉」

「そうだ。二人は学生時代、半年ほど同棲してたんだよ」

「霜川さんも綾香さんも、わたしにはそんなこと一度も言わなかった」

「それは当然だろう。あんたのパトロンは、昔の彼女や友人を平気で始末させるような冷血漢なんだ。こっちも、いつか紙屑みたいに棄てられるかもしれないな」

「彼は、そんな男性じゃない。わたしのことを愛してくれてるね。霜川さん、アメリカでビッグビジネスを成功させたら、わたしに世界で一番高い宝石を買ってくれると言ってる。プール付きの邸宅に住んで、専属のコックや庭師も雇って、優雅な生活を愉(たの)しもうって何度も言ったわ。わたし、彼の言葉を信じる」

「好きにしろ」

成瀬は薄く笑い、脚(あし)を組んだ。

ナターシャが額を膝小僧に押し当て、しくしくと泣きはじめた。涙が涸(か)れたのは十数分後だった。

「霜川は、おそらくロシア生まれの番犬どもを伴(ともな)ってくるだろう」

磯村が言った。

「でしょうね」

「もう少ししたら、おれは部屋の外で待ち伏せするよ」

「磯さんは、ここでナターシャを見張っててください。おれが部屋の外で機先を制するから」

成瀬は立ち上がった。七〇七号室を出て、エレベーターホールとは逆方向に歩く。歩(ほ)廊(ろう)の突き当たりには、非常口があった。その左側に少しへこんだスペースがある。

成瀬は、そこに身を潜(ひそ)めた。顔を半分ほど突き出すだけで、エレベーターホールまで見通せる。成瀬は逸(はや)る気持ちを鎮(しず)めながら、霜川が現われるのを待った。

やがて、約束の三十分が過ぎた。

しかし、労働貴族は姿を見せない。アンドレイたちがまだ到着していないのか。

成瀬は、なおも待った。

一時間が流れても、いっこうに霜川はやってこない。愛人の安否よりも、わが身がかわいいと尻に帆をかけて遁走したのか。

成瀬は七〇七号室に戻り、ナターシャにふたたび霜川に電話をかけさせた。彼女はなかなか喋ろうとしない。

「どうした？　パトロンは電話に出ないのか？」

「彼のスマホ、電源が切られてる。なぜなの？」

「霜川は愛人よりも自分が大事と思って、そっちを見殺しにする気になったんだろう」

「それ、彼が逃げたってこと？」

「ああ」

「そうだとしたら、霜川さん、嘘つきね。彼、自分の命よりもわたしの命のほうがはるかに重いと言ってた。一度っきりじゃなくて、何十回もね」

「あんた、頭が幼稚すぎるな。十五、六の少女だって、そんな甘い言葉を真に受けたりしないだろう」

「わたし、ばかじゃない。一応、大学出てるね」

「だったら、なおさら救いようがないな。おれたちは、もう引き揚げる」

成瀬はナターシャに言って、磯村と寝室を出た。

ほとんど同時に、ナターシャが泣きじゃくりはじめた。

3

表に出たときだった。

マンションの植え込みの陰から、二つの人影が現われた。アンドレイ・グラチョフとユーリー・ルリコフだった。

成瀬は立ち止まって、懐を探った。

指先が大型カッターナイフに触れたとき、アンドレイが腰の後ろからロシア製のサイレンサー・ピストルを掴み出した。

「おまえ、何持ってる？」

「もう少し日本語の勉強しろや。そんな喋り方してるんじゃ、日本でおいしいビジネスはできないぞ」

「それ、余計なお世話ね。ポケットに入ってる物、わたしに渡す。早くするね」

「おれは煙草を出そうとしただけだ」

成瀬は言うなり、アンドレイの右の向こう臑を蹴った。骨が鈍く鳴った。

アンドレイが呻いて、膝から崩れそうになった。成瀬はアンドレイの右手を掴み、マカロフPbを奪おうとした。

そのとき、横で磯村が体を竦ませた。金髪のユーリーが磯村のこめかみにサイレンサー・ピストルの銃口を押し当てている。

「わかったよ」

成瀬は上着のポケットから大型カッターナイフを取り出し、ユーリーに渡した。アンドレイが腰を伸ばして、銃把で殴りかかってきた。

成瀬は身を躱した。銃把の角は左の肩を掠めただけだ。

アンドレイが逆上し、マカロフのスライドを滑らせた。初弾を薬室に送り込んだのだ。後は引き金を絞るだけで、自動的に九ミリ弾が発射される。

ユーリーが母国語で、アンドレイに何か言った。いきり立つなと窘めたようだ。アンドレイは不満そうだったが、二度うなずいた。

「おまえたち、ナターシャさんの部屋に戻る。わたしの日本語、わかるか?」

ユーリーが言った。

「ああ」

「二人とも体をターンさせる。オーケー？」

「霜川はどこにいるんだ？　ここにも来られないとは、どうしようもない臆病者だな」

「おまえたち、黙って歩く」

「くそったれどもが！」

成瀬は毒づいて、体を反転させた。磯村も踵（きびす）を返す。

二人はアンドレイたちに背を押されて、マンションに戻った。ナターシャの部屋に着くと、アンドレイがインターフォンを鳴らした。

ややあって、スピーカーからナターシャの声が流れてきた。

アンドレイがロシア語で喋った。短い遣（や）り取りがあって、ドアが開けられた。ナターシャは真珠色のナイティをまとっていた。

彼女はアンドレイに母国語で何か問いかけた。パトロンの霜川のことを訊いたのだろう。アンドレイが何かなだめたらしく、ナターシャの表情が少し明るんだ。

成瀬たちは七〇七号室に押し入れられた。

今度は土足というわけにはいかなかった。二人は居間のフローリングに胡坐（あぐら）をかかされた。アンドレイが成瀬と磯村の体を探る。磯村はデジタルカメラを奪われた。

ナターシャが自分の国の言葉でアンドレイに何か話しかけ、デジタルカメラを受け取った。それは、リビングボードの引き出しにしまわれた。

ナターシャは、フェラチオを強いられたことを誰にも言わないつもりなのだろう。そのことをアンドレイたちに知られたら、カッターナイフで亀頭を傷つけられることになったかもしれない。

成瀬は、ひと安心した。

「おまえ、わたしを蹴った。それ、頭にくることね。だから、仕返しする」

アンドレイが言うなり、蹴りを放った。成瀬は、わざと避けなかった。

その気になれば、アンドレイの蹴りは苦もなく躱せる。しかし、相手を怒らせれば、相棒の磯村も蹴られることになるだろう。それは避けたかった。

アンドレイの前蹴りは成瀬の脇腹に入った。

成瀬は蹴られる直前、筋肉に力を込めた。ダメージはたいしたことなかった。

「われわれをどうする気なんだ？」

磯村がユーリーに訊いた。その声は、わずかに震えを帯びていた。

「それ、霜川さんが決めるね」

「霜川は、ここに来ることになってるのか？」

「もうじき来るよ」

ユーリーが答えた。そのとき、玄関で物音がした。

霜川が来たのだろう。ナターシャが居間から出て、玄関に向かった。

少し経つと、玄関ホールからナターシャと男の話し声がかすかに響いてきた。会話の内容までは聞き取れない。

そのうち反撃のチャンスが訪れるだろう。だから、急くことはない。

成瀬は自分に言い聞かせた。

ナターシャが居間に戻ってきた。彼女の後ろには、霜川満がいた。グリーングレイのスーツ姿だった。ナターシャが寝室に入り、ドアを閉めた。着替えをするのだろう。

「あんた、ずいぶん堕落したな」

磯村が霜川に言った。

「きみと顔を合わせるのは、ほぼ五十年ぶりか。お互い年齢を取ったな」

「若いころ全共闘運動に燃えてた者同士がこんな形で顔を合わせるなんて、なんとも皮肉だな」

「歳月は人間を変えるってことだよ」

霜川がシニカルな笑みを浮かべ、長椅子に腰かけた。

「見沢を唆して、あんたは『斧』も結成させたんだな。世直しを標榜するアナーキスト集団を装って、大学名誉教授の新関孝二、厚生労働省の松宮聡元事務次官、角菱商事の片山武直常務の三人を狙撃させた。その三人が体制の中でうまく泳ぎ回ったことがそんなに気に入らなかったのかっ」

「そうじゃない。新関たち三人は罪人なんだよ」

「罪人だって？」

磯村が問い返した。

「そうだ。おれが綾香と同棲してるとき、新関、松宮、片山の三人は卑劣な手を使って、彼女を輪姦した。東都大学の学生会館の一室に連れ込んでな。奴らは過激派の連中におれが角材と鉄パイプでめった打ちにされて、大怪我をしたと綾香を騙したんだ」

「その話は事実なのか⁉」

「ああ、作り話なんかじゃない。綾香は数日後、輪姦されたことをおれに打ち明けた。しかし、若かったおれは怒りに駆られ、登山ナイフで新関たち三人を刺し殺そうとした。結局は刺せなかった」

「…………」

「レイプされたことは、いわば不可抗力だ。綾香はおれを裏切ったわけじゃない。それでも、彼女が三人の男に穢された事実におれは生理的な嫌悪感を覚えてしまったんだ。そんなことで二人の関係がぎくしゃくしはじめ、おれは別の女子大生に心を移すようになった」

「で、同棲を解消したのか？」

「そう。その後、綾香は見沢と恋仲になった。しかし、見沢は特定の政党の機関紙の編集の仕事をするようになった。綾香はあくまでもノンセクト・ラジカルの立場を貫きたがってたから、やがて不協和音が……」

「見沢と別れた後、彼女はおれの友人の真木淳也と結婚した。綾香は、真木が正義の使者面してることが気に喰わなくなった。それで、見沢と縒りを戻したんだな？」

「真木は優れたノンフィクション・ライターだったよ。だが、人間的には欠陥があった。奴は未成熟な少女にしか烈しく欲情しないんだ。そのため、海外でこっそり少女買春をしてた。おそらく少年時代に大人の女に性的ないたずらをされたことがあって、それが一種の心的外傷になってしまったんだろう」

「そうだったとしても、そのことで真木を必要以上に貶めることはないだろう。どんな人間にだって、醜い面があるし、邪悪な部分もあるじゃないかっ」

「そうだが、真木の性的な偏りは赦されないだろう。それはそれとして、真木が見沢の詐欺事件を嗅ぎつけたのはたいしたもんだよ」

「あんたが見沢に共同体建設の話で、同世代の男女から一千万円の出資金を集めろと悪知恵を授けたんだなっ」

「それは曲解だよ」

霜川が真顔で言い訳した。

「いまさら見苦しいぞ。死者に罪をおっ被せるつもりなのか！」

「そうじゃない。おれは二十三億一千万円の詐取事件を元刑事の探偵に調べさせて、見沢の犯行だと知ったんだ。それで見沢の弱みにつけ込んで、あいつと綾香を抱き込んだんだよ」

「あんたは、まず綾香を辱しめた新関たち三人を処刑する気になった。ドラグノフで三人を狙撃したのは、ナターシャの叔父貴の子分たちなんだな？」

「ナターシャは、ウラジミール・スミノフのことまで喋ってしまったのか」

「どうなんだっ」

磯村が声を張った。

「そうだよ。ロシアのアウトローたちは誰も射撃術に長けてる。ブラックマーケットで簡単に銃器が手に入るからな。特に元軍人のアレクサンドル・グーロフは凄腕のスナイパーなんだ」

「そいつの姿を見かけないが、ロシアに戻ったのか？」

「ああ。きのう、アレクサンドルは一足先にウラジオストクに戻った。ナホトカを縄張りにしてる組織と石油の横流しの件で『ならず者』は揉めてるらしいんだ。ナターシャの叔父が『ならず者』のボスであることは知ってるな？」

「ナターシャから聞いたよ。真木の殺害には、あんたも関与してるんだな？」

「真木を殺らせたのは見沢だ。あいつは綾香を独り占めしたくなったんだよ。おれは見沢を焚きつけて、帝都電力から百億円を脅し取らせただけだ」

「最初っから見沢を利用する気だったんだなっ」

「それも曲解だよ。おれは、汚れ役を引き受けてくれた見沢に二十億の分け前をやるつもりでいたんだ。ところが、奴は欲を出して半分の五十億を寄越せと言い出した。折半にしなければ、おれが主犯格であることを東京地検と主要マスコミにリークすると強迫したんだよ。それだけじゃない。昔の弱みも暴いてやると言った」

「昔の弱みって、何なんだ？」

成瀬は口を挟んだ。

「いいだろう、話してやる。おまえらは、間もなく死ぬ身だからな。京陽大全共闘の幹部をやってたころ、おれはある過激派を批判して、そのセクトに命を狙われるようになったんだ。それで怖くなって、警視庁の公安に泣きついたんだよ」

「あんたは自分の身を護ってもらう代わりに、全共闘系学生の動きを公安刑事に漏らしてたんだなっ」

「なかなか鋭いじゃないか。その通りだよ」

「きさま、そんな汚いことをしてたのか！」

磯村が大声を張り上げて、立ち上がろうとした。すぐにアンドレイが磯村の肩を押さえ込む。

「あんたは労働貴族のひとりだが、所詮は臆病なお坊ちゃんだな」

成瀬は軽蔑を込めて言った。

「そうかもしれない。おれは父や兄のようには生きたくないと反体制運動に半生を捧げてきたが、どこかで無理をしてると自覚してた。だから、ナターシャとアメリカに移住して、残りの人生を思うままに過ごそうと決心したんだ」

「ナターシャは、あんたが向こうで何かビッグビジネスをやりたがってたと言ってたが……」

「風力発電の会社を興したいんだ。アメリカには夥しい数の風車が林立してるが、まだ喰い込む余地はある。風力発電ビジネスは最有望なんだ。その事業資金として、最低でも八十億円は必要なんだよ。なのに、見沢の奴は五十億も要求しやがった」

「だから、綾香と一緒に心中に見せかけて始末させたんだな？」

「そうだ。アンドレイたち三人に見沢と綾香をまず押さえ込ませ、足の指の股に麻酔注射をうたせた。それから流動食用のチューブを使って、二人の胃に青酸カリ入りのゼリーを流し込ませた。見沢の遺書をパソコンで打ったのは、おれ自身だよ」

霜川が言った。

そのすぐ後、寝室からナターシャが現われた。きちんとスーツを着込み、薄茶のキャスター付きキャリーケースを押していた。サムソナイト製だった。

「二人でアメリカに逃げる気か？」

磯村が霜川に問いかけた。

「さあね」

「百億分の預金小切手は、もう金融業者に割り引いてもらって、アメリカの銀行口座に入れたのか？」

「想像に任せるよ」

霜川が長椅子から立ち上がった。

成瀬は真後ろにいるアンドレイの太腿を右の肘で弾いた。アンドレイはよろけたが、倒れなかった。一か八かだ。成瀬は身を起こし、後ろ蹴りを放った。だが、蹴りはアンドレイには届かなかった。

「この男、撃つぞ」

金髪のユーリーが喚き、磯村の後頭部にマカロフPbの銃口を密着させた。成瀬は肩を竦めて、床に尻を落とした。

「今度こそ、しくじるなよ」

霜川がアンドレイとユーリーを等分に見ながら、そう言った。

二人のロシア人が、ほぼ同時に大きくうなずいた。

「行こう」

霜川がナターンャを促し、キャリーケースを滑らせはじめた。ナターシャが霜川の後に従った。

ほどなく二人は部屋を出ていった。アンドレイとユーリーが何かロシア語で言い交わした。何か悪巧みをしているのだろう。

「おまえたち、坐ったままでこっちを向け。わかったか?」

「何を考えてやがるんだっ」

成瀬はアンドレイを睨(ね)めつけた。アンドレイが無言で手を左右に振った。答える気はないという意味だろう。

「言われた通りにしよう」

磯村が言った。成瀬は先に体の向きを変えた。磯村が倣(なら)う。

アンドレイが成瀬の前に立ち、ユーリーは磯村の前に進み出た。

二人はにやにやしながら、左手でそれぞれ自分のペニスを摑み出した。どちらも亀頭だけが暗紫色(あんししょく)で、ほかの部分は妙に生白かった。

「わたしとアンドレイ、男も女も好きね。英語でなんと言うんだっけ？　そう、両刀遣い(バイセクシュアル)ね」

ユーリーが言った。すぐにアンドレイが仲間の言葉を引き取る。

「おまえたち二人は、いつでも撃ち殺せる。だけど、それ、つまらない。殺す前に、わたしたちの精液を飲ませてやる」

「おれたちはノーマルなんだ。そんなこと、できるかっ。撃ちたきゃ、撃てよ！」

成瀬はアンドレイの腹に頭突きを見舞い、そのまま押し倒した。サイレンサー・ピストルを捥(もぎ)取ろうとしたとき、ユーリーが威嚇(いかく)射撃した。

九ミリ弾は床にめり込んだ。

磯村が隙を衝いて、ユーリーの両脚を掬った。ユーリーが尻餅をつく。

成瀬はアンドレイの右手からマカロフPbを奪い取り、ユーリーの左肩を撃った。ユーリーが呻いて、横倒しに転がった。

すかさず磯村がユーリーの右手からサイレンサー・ピストルを奪い、すっくと立ち上がった。成瀬はアンドレイに銃口を向けながら、ゆっくりと起き上がった。

二人のロシア人の分身は縮こまっていた。

「霜川とナターシャは、どこに行ったんだ？」

成瀬はアンドレイに問いかけた。

アンドレイは口を引き結んだままだった。成瀬は一歩退がり、アンドレイの左の膝頭を撃ち砕いた。少しもためらわなかった。アンドレイが長く唸って、体を左右に振った。

「仲間の痛みを分かち合わせてやろう」

磯村が乾いた声で言い、ユーリーの右の太腿に九ミリ弾を撃ち込んだ。ユーリーが右脚を抱え込みながら、転げ回りはじめた。

「霜川たち二人の行き先は？」

成瀬はアンドレイに訊いた。

「…………」

「死ぬ覚悟ができたらしいな」

「今夜は六本木プリンセスホテルに泊まると言ってた」

「部屋番号は？」

「二〇〇五号室ね。わたし、それしか知らないよ。もう撃たないで」

アンドレイが呻き声で言った。

成瀬は嘲笑してから、アンドレイの萎えた性器を撃った。的は外さなかった。アンドレイが白目を晒して、全身を痙攣させはじめた。股間が赤い。

「おまえも同じ痛みを味わえ！」

磯村がユーリーに言って、くたりとした男根に九ミリ弾を浴びせた。金髪の男は女のような悲鳴をあげ、のたうち回りはじめた。

「磯さん、行きましょう」

成瀬は相棒に声をかけ、玄関ホールに足を向けた。磯村が小走りに追ってくる。

二人はマンションを出ると、ジャガーに乗り込んだ。

六本木プリンセスホテルに向かう。目と鼻の先だった。じきに着いた。

成瀬はジャガーをホテルの地下駐車場に入れた。二人はエレベーターで二十階に上がった。二〇〇五号室のドアは細く開いていた。何か異変があったようだ。

「おれが先に入るよ」

成瀬はサイレンサー・ピストルを構えながら、ドアを肩で大きく押し開けた。ソファセットの手前に男女が折り重なって倒れていた。

霜川とナターシャだった。二人とも背中を袈裟懸けに斬られ、大量の血を流していた。血溜まりは、かなり大きい。すでに二人は息絶えていた。

「誰かが霜川の百億円を横奪りしたのかもしれないな」

「だとしたら、そいつがビッグボスなんだろう。磯さん、とりあえず部屋から遠ざかりましょう」

「そうするか」

二人は急いで一〇〇五号室を出た。

4

夕刊を読み終えた。

成瀬は新聞を折り畳んで、コーヒーをテーブルの上に置いた。

自宅マンションの居間である。前夜の斬殺事件の犯人が麻布署に出頭したのは、きょうの昼過ぎだった。凶器の日本刀を携えていた。

マスコミ報道によると、犯人は行動右翼の越水昌幸という男らしい。二十七歳の越水は数年前にロシア大使館の門扉を糞尿で汚し、検挙されたことがあるという。

犯行動機も素直に供述したそうだ。越水は労働貴族として安逸な暮らしをし、ロシア人女性を愛人にしていた霜川を日頃から苦々しく思っていたようだ。

しかし、それだけで二人の人間を日本刀で叩き斬る気になるだろうか。無期懲役になることは、事前にわかっていたはずだ。それに、霜川は超大物とは言えない。行動右翼が抹殺したいと思う人物は、ほかに何人もいるのではないだろうか。

きっと何か裏があるにちがいない。

成瀬はそう確信を深め、相棒の磯村に電話をかけた。ワンコールで繋がった。

「おう、成やん！　いま、そっちのスマホを鳴らそうと思ってたとこなんだ。昨夜の事件の犯人が自首したこと、当然、知ってるね？」

「ええ。犯人の越水昌幸は誰かに頼まれて、霜川とナターシャを叩き斬ったんじゃないかな？」

「おれもそう直感したんで、例の報道部記者に会ってきたんだ。その結果、ちょっと面白いことがわかったよ」

「どんなことがわかったんです？」

「越水の母方の伯母が警視庁公安三課課長の妻だったんだ。その課長は蜂谷弓彦って名で、殺された霜川と小学校が同じだったんだよ。蜂谷のほうが三つ年上だがね」

「霜川は学生のとき、身の安全の保障と引き替えに警視庁の公安に全共闘系学生の動きをリークしてたと言ってましたよね？」

「ああ。おれは、その蜂谷が妻の甥っ子に霜川とナターシャを葬らせたと睨んだんだが、どう思う？」

　磯村が言った。

「その動機は？　蜂谷が霜川がせしめた百億円を横奪りする気になったんですかね」

「いや、そうじゃないだろう。お巡りに限らず公務員は、サラリーマンなんかよりも保身本能がずっと強い」

「そうだろうな。親方日の丸の下で、堅実に暮らしたいと考えてる連中は安定が第一だと考えてる。民間会社に移って、アグレッシブに働きたいとはまず考えないでしょうね」

「そうだと思うよ。これは単なる推測なんだが、蜂谷と霜川の腐れ縁はずっとつづいてたんじゃないだろうか」

「霜川は労働貴族になっても、公安のスパイめいたことをしてた？」

「ああ、多分ね。公安刑事と繋がってることは霜川の弱みにもなるわけだが、開き直ったら、公務員の蜂谷の立場のほうが弱くなるんじゃないか」

「磯さんは、霜川が蜂谷に何か強(し)いてたんじゃないかと考えてるんですね？」

「そんな気がしてるんだ」

「そうだとしたら、霜川は蜂谷に何をやらせてたんでしょう」

「おそらく『ならず者(シュパナー)』の非合法ビジネスに便宜(べんぎ)を図ることを強要されてたんだろうな。たとえば、ロシア人の不法入国に協力させられてたとかね」

「しかし、蜂谷はついに我慢できなくなって、越水に霜川を始末させる気になったってわけですか。考えられないストーリーじゃないな」

成瀬は呟(つぶや)いた。

「それからね、越水が個人的な動機で昨夜の事件を起こしたのではないという裏付けめいたものもあるんだ。越水は数年前から風俗嬢のヒモみたいなことをしてたらしいんだが、三日前にその彼女に一千万円の現金を与えたというんだよ。そして、新しい彼氏を早く見つけて、幸せになれとも言ったそうなんだ」

「そうですか。蜂谷に頼まれて、凶行に走ったと考えてもよさそうだな。極東マフィアから奪ったサイレンサー・ピストルがあるから、蜂谷を拉致して締め上げてみましょうか」

「拉致に失敗したら、面倒なことになりそうだな。成やん、先に蜂谷の娘を引っさらおう。ひとり娘の未来は二十四歳で、渋谷の東栄デパート本店で案内係をやってるというんだ。胸に名札を付けてるだろうから、行けば、すぐにわかるだろう。あのデパートは八時まで営業してる」

磯村が言った。成瀬は腕時計を見た。六時四十分過ぎだった。

「成やん、七時半に東栄デパート本店のエントランスロビーで落ち合おう。ユーリーから奪ったマカロノＰｂを持っていくよ。残弾は四発だったかな」

「ええ、そうです。おれもサイレンサー・ピストルを持っていきます。まだマガジンには三発残ってる」

「それじゃ、後で！」

磯村が先に電話を切った。

成瀬はリビングソファから立ち上がり、外出の支度に取りかかった。といっても、顔にシェーバーを当て、髪をブラシで整えただけだ。

成瀬は早目に自宅マンションを出て、代官山の小さなイタリアン・レストランに立ち寄った。数種のパスタ料理を食べ、カプチーノを飲んだ。

目的のデパートの地下駐車場に着いたのは七時二十分ごろだった。

ジャガーを降り、一階の案内カウンターに急ぐ。数分待つと、磯村が現われた。

黒っぽいウールジャケットの下には、灰色のスタンドカラーのシャツを着込んでいた。スラックスはシナモンベージュだった。

二人は案内カウンターに向かった。案内係は、ひとりしかいなかった。

名札には蜂谷という姓が記されていた。

成瀬たちは蜂谷の娘に地下駐車場に不審物があると嘘をつき、エレベーターの函に押し入れた。自分らも乗り込む。

成瀬はマカロフPbをベルトの下から引き抜き、上着の裾で消音器を兼ねた長い銃身を覆い隠した。地下二階のボタンを押す。ケージが下りはじめた。

「騒ぐと、このサイレンサー・ピストルで撃つぞ」

成瀬は小声で凄み、マカロフPbの先端を案内係の背に突きつけた。相手の全身が強張った。

「きみは蜂谷弓彦の娘だな？」

「はい、未来です」

「おれたちは、きみの父親とどうしても会いたいんだ。気の毒だが、人質になってもらうぞ」

「えっ」

「エレベーターに客が乗り込んで来ても、妙な気は起こすなよ。それから、非常用ブザーを鳴らしたら、迷わず撃つぞ」

成瀬は言った。未来が全身をわなわなと震わせはじめた。

ほどなくケージは地下二階に達した。成瀬は未来を函（ケージ）から引きずり出し、ジャガーの後部座席に押し込んだ。すぐに彼女のかたわらに坐り込み、サイレンサー・ピストルを脇腹に突きつける。

磯村が運転席に坐り、ジャガーを発進させた。

「わたしをどこに連れていく気なんですか？」

未来が聞き取りにくい声で成瀬に訊いた。

「とりあえず、シティホテルの一室に軟禁させてもらう」

「父が、あなたたちに何かひどいことをしたのですか？」

「別にそういうわけじゃない。ただ、どうしても会って確かめたいことがあるんだよ。

ホテルに着いたら、親父さんを誘き出すつもりだ」

成瀬は口を結んだ。

磯村は青山通りをたどって、赤坂見附にある有名ホテルの地下駐車場にジャガーを入れた。先に車を降り、一階のフロントに向かう。

磯村は数分で戻ってきた。成瀬は未来を車から出した。

三人は地下駐車場から十四階に上がり、一四一〇号室に入った。ツイン・ベッドルームだった。

成瀬は未来をコンパクトなソファに坐らせ、自分はベッドの一つに腰かけた。未来から父親のスマートフォンの番号を聞き出し、すぐに数字ボタンをタップした。ワンコールで、通話可能状態になった。

「蜂谷だが……」

「娘の未来を人質に取った」

「きさま、どこのセクトの者だっ。そんな子供騙しの手には引っかからないぞ」

「待ってろ。いま、娘の声を聴かせてやる」

成瀬は立ち上がって、スマートフォンを未来の左耳に押し当てた。未来が涙声で父親に経過を話した。

　成瀬はスマートフォンを自分の耳に戻した。

「狙いは何なんだ？」

「越水の事件のことで、あんたに確かめたいことがある。いまから三十分以内に赤坂西急(せいきゅう)ホテルの一四一〇号室に来い。もちろん、丸腰でな。お供が一緒とわかったら、ひとり娘は撃ち殺す」

「拳銃(けんじゅう)を持ってるのか⁉」

「ああ、サイレンサー・ピストルをな。おれの相棒も同じ拳銃を持ってる」

「二人組なのか？」

「そうだ」

「わかった。単身で、その部屋に行く。もし娘におかしなことをしたら、命懸けで反撃するぞ」

　蜂谷が通話を切り上げた。

　成瀬はスマートフォンを懐に戻すと、未来に声をかけた。

「素っ裸になってくれ」

「そ、そんなこと！　わたし、婚約者がいるんです。だから、変なことはしないで」

「勘違いするな。そっちをレイプする気なんかない。逃げられちゃ困るからだよ」

「わたし、父が来るまで絶対に逃げたりしません。だから、服を脱ぐのは……」

未来が幼女のように顔を左右に振った。成瀬は未来に鋭い目を向け、サイレンサー・ピストルを構えた。

未来が竦み上がった。ソファから腰を浮かせ、クローゼットの前まで進む。いまにも泣き出しそうな顔で服を脱ぎ、ブラジャーとパンティーも取り除いた。さすがに後ろめたい。心を鬼にする。

「ソファに坐ってくれ」

成瀬は命じた。

未来が果実を想わせる乳房と艶やかな和毛を手で隠しながら、うつむき加減で歩いてきた。ソファに腰かけると、彼女は一度も顔を上げようとしなかった。

「きみには罪はないんだがね」

磯村が同情を含んだ声で未来に言い、片方のベッドに腰を下ろした。

「従兄の越水昌幸とは仲がいいのか？」

「小さなころはよく遊んだんですけど、従兄が高校生になってからは口もきかなくなりました」

「なぜなんだ？」

「右寄りの書物を無理矢理に読ませようとしたり、戦争映画のビデオを観ろとか言うようになったんで、なんか怕くなったんですよ。父は公安刑事ですけど、わたしは思想的には中立なんです。極右も極左も好きじゃないんです」

「そうか。イデオロギーに捉われるのはもう古いからな。それはそうと、最近、親父さんが越水と会ったことは？」

「一週間ぐらい前に父は、わたしの従兄に会ったはずです。従兄がラーメン屋を開きたいというんで、母と父が相談して一千万円の開業資金を貸してあげたんですよ。なのに、従兄はとんでもない事件を起こしてしまって。母は父に申し訳ながっていました。自分の姉の息子が厚意を台なしにしてしまったんですから。多分、従兄は刑務所に行く前に豪遊したかったんだと思います」

未来がそう言い、口を噤んだ。

成瀬はセブンスターをくわえた。部屋のチャイムが鳴ったのは十数分後だった。

「見張りを頼みます」

成瀬は磯村に言って、出入口に足を向けた。マカロフPbを構えながら、ドア越しに誰何する。

「蜂谷だ。丸腰で、ひとりで来た。早く娘に会わせてくれ」

「待ってろ」

成瀬は用心しながら、ドアを開けた。

蜂谷は男臭い顔立ちで、眉(まゆ)が濃かった。目のあたりが娘によく似ている。

「お父さん！」

未来が呼びかけた。蜂谷は娘が生まれたままの姿であることに気づき、目を剥(む)いた。

「きさまら、娘におかしなことをしたのかっ」

「早合点するな。妙なことはしてない。あんたに確かめたいことがあるだけだ」

成瀬はサイレンサー・ピストルの先端を蜂谷の心臓部に押し当てた。

「何を確かめたいんだ？　早く言え！」

「あんたは越水昌幸に一千万円渡して、霜川とナターシャの二人を日本刀で叩き斬らせたな？」

「ばかなことを言うな。何を証拠に、そんな言いがかりをつけるんだっ」

「あんたは全共闘時代から、霜川をスパイとして使っていた。過激派に命を狙われていた霜川の身辺をガードしてやる代わりにな。長い間の腐れ縁だから、霜川が見沢貞夫や真木綾香を唆(そその)かして、『帝都電力』から百億円を脅し取らせ、それをそっくり横奪(ど)りしたことも知ってたんだろうが。あんたは霜川を越水に葬らせて、その金を強奪したんじゃないのかっ」

「それは違う。わたしは、ただ霜川をこの世から消したかったんだよ。わたしは奴の美人局に嵌められて、ロシア人高級娼婦を抱いてしまったんだ」

「情交シーンをビデオ撮影されて、『ならず者』の非合法ビジネスに協力させられたんだな？」

「えっ、そんなことまで知ってるのか⁉」

「やっぱり、そうだったか。霜川に何をさせられた？」

「わたしは、ロシア人の密航の受け入れをやらされてたんだよ。北海道や東北の港にロシアの船が着くたびに、海保の職員たちを抱き込んで、お目こぼしをしてもらってたんだ。『ならず者』のボスのウラジミール・スミノフは東日本に拠点を作り、いつの日か日本の暗黒社会を牛耳る気でいるんだよ。そんな野望に協力しつづけてたら、わたしはそれこそ売国奴になってしまう。だから、霜川ときっぱり縁を切ることにしたんだ」

「で、越水に霜川とナターシャを殺らせたんだな？」

「ああ、それだけだよ。霜川が手に入れた金なんか一円も掠めてない」

　蜂谷が言った。

　そのとき、磯村が歩み寄ってきた。その左手にはＩＣレコーダーが載っていた。

「いまの遣り取りを録音していたのか⁉」

「そうだ。殺人教唆容疑で逮捕されたくなかったら、おれたちに口止め料を払うんだね。霜川が百億円をどこに隠してるかわからないんでな」

　成瀬は言った。

「金銭的な余裕なんかない。越水に一千万円渡したばかりだからな」

「それじゃ、ひとり娘をブルネイかマレーシアの大富豪のセックスペットにでもしてやるか」

「そんなことはさせない。わかった、わかったよ。自宅を売却して、兄弟から金を借りる。それでも、一億がやっとだな」

「二億なら、商談に応じよう」

「そんな大金は、とても都合できない」

「娘には婚約者がいるんだって？　あんたが実刑判決を受けたら、婚約は解消されるだろうな」

「な、なんとか二億を調達する。それで、手を打ってくれ」

「わかった。十日だけ待ってやる。しかし、ちょっと保険を掛けさせてもらうぞ」

「え？」

「着てるものを脱いで、ベッドの上で娘とシックスナインをやるんだ」

「きさまらは、人間のクズだっ」

蜂谷が喚いた。娘の未来も裸身を縮め、許しを乞う。

「シックスナインするだけでいい。実の娘とセックスしろと言ってるわけじゃないんだ」

「そんなことはできない！」

「やらなきゃ、死ぬことになるぞ」

成瀬はマカロフPbの引き金の遊びをぎりぎりまで絞り込んだ。蜂谷が意味不明の言葉を口走り、衣服を脱ぎはじめた。

「お父さん、やめて！　裸にならないで」

「おまえは、お父さんが刑務所に送られても平気なのかっ」

「マーちゃんに殺人を依頼したんだったら、ちゃんと罰を受けるべきだわ」

「そんなことをしたら、おまえは賢治君と結婚できなくなるんだぞ。お母さんだって、自殺してしまうかもしれない」

「だからって、父と娘がそんなことできないわ。お父さん、考え直してちょうだい！」

未来が悲痛な声で訴えた。

蜂谷は途方に暮れた様子だった。

「成(なる)やん……」

磯村が顔を向けてきた。疚(やま)しそうな表情だった。惨(むご)いことを強(し)いることに耐えられなくなったのだろう。自分も同じ気持ちだった。成瀬は黙ってうなずき、蜂谷に声をかけた。

「オーラルセックスをデジカメで撮(と)るつもりだったが、やらなくていいよ」

「本当だな」

蜂谷が顔を明るませた。

「ああ。あんたは裁(さば)かなきゃならないが、娘まで巻き込むのは気が重くなった」

「そうか。ありがとう」

「さっきの録音音声があることを忘れるな。十日以内に二億円を用意しておけ」

成瀬は蜂谷に言って、磯村に目配せした。

二人は悠然(ゆうぜん)と部屋を出た。

本作品はフィクションであり、実在の
個人・団体などとは一切関係がありません。

2003年8月　ジョイ・ノベルス刊（小社）
2007年2月　徳間文庫刊
再文庫化に際し、著者が大幅に加筆しました。

実業之日本社文庫　最新刊

蒼山 螢
後宮の宝石案内人
輝峰国の皇子・晧月が父の後宮で出会ったのは、下働きの風変わりな少女・晶華。彼女の宝石への知識と愛は常軌を逸していて……。痛快中華風ファンタジー！
あ26 1

梓 林太郎
津軽龍飛崎殺人紀行　私立探偵・小仏太郎
長崎の旅から帰った数日後、男ははるか北の青森・津軽龍飛崎の草むらで死体となって発見された。殺された男の足跡をたどると、消えた女の謎が浮かび――。
あ3 16

五十嵐貴久
マーダーハウス
希望の大学に受かり、豪華なシェアハウスで暮らすことになった理佐の平穏な日々は、同居人の不可解な死で壊れていく。予想外の結末、サイコミステリー。
い3 6

津本 陽
深淵の色は　佐川幸義伝
大東流合気武術の達人、佐川幸義。門人となった著者が天才武術家の生涯をたどり、師の素顔を通して神業に迫った渾身の遺作。（解説・末國善己、菊池 仁）
つ2 6

西村京太郎
十津川警部捜査行　東海特急殺しのダイヤ
犯行時刻、容疑者は飯田線に乗っていた!?　十津川警部が崩す鉄壁のアリバイ！　名古屋、静岡、伊勢路など東海地方が舞台のミステリー集。（解説・山前 譲）
に1 26

花房観音
ごりょうの森
平将門、菅原道真など、古くから語り継がれてきた日本の「怨霊」をモチーフに、現代に生きる男女の情愛の行方を艶やかに描く官能短編集。（解説・東 雅夫）
は2 7

南 英男
邪欲　裁き屋稼業
社会派ライターの真木がリストラ請負人の取材中に殺害された。裁き屋の二人が調査を始めると、事件の背景には巨額詐欺事件に暗躍するテロリストの影が…。
み7 23

睦月影郎
母娘と性春
独身の弘志は、上司に誘われて妖艶な母娘が住んでいる屋敷を訪れる。そこには、ある役割のため家の女と交わる風習があった。男のロマン満載、青春官能！
む2 16

実業之日本社文庫　好評既刊

南英男
刑事くずれ
刑事を退職し、今は法で裁けぬ悪党を闇に葬る裏便利屋・郷力恭輔。彼が捨て身覚悟で守りたいものとは？ 灼熱のハードサスペンス！
み71

南英男
裏捜査
美人女医を狙う巨悪の影を追え——元SAT隊員にして始末屋のアウトローが、巧妙に仕組まれた医療事故の陰謀に鉄槌を下す！ 長編傑作ハードサスペンス。
み72

南英男
切断魔　警視庁特命捜査官
殺人現場には刃物で抉られた臓器、切断された五指が。美しい女を狙う悪魔の狂気。戦慄の殺人事件を警視庁特命警部が追う。累計30万部突破のベストセラー！
み73

南英男
特命警部
警視庁副総監直属で特命捜査対策室に籍を置く畔上拳。未解決事件をあらゆる手を使い解決に導く。元部下の巡査部長が殺された事件も極秘捜査を命じられ…。
み74

南英男
特命警部　醜悪
闇ビジネスの黒幕を壊滅せよ！ 犯罪ジャーナリストを殺したのは誰か。警視庁副総監直属の特命捜査官・畔上拳に極秘指令が下った。意外な巨悪の正体は？
み75

実業之日本社文庫　好評既刊

実業之日本社文庫　好評既刊

南 英男
脅迫　強請屋稼業
新空港の利権にからみ、日本進出をもくろむアメリカ企業がスキャンダルをネタにゆさぶりをかける。敵対会社の調査を依頼された見城豪に迫る罠とは!?
み 7 16

南 英男
警視庁極秘指令
柔肌を狩る連続猟奇殺人の真相を暴け！　初動捜査で解決できない難事件に四人の異端児刑事が集結。極秘捜査班の奮闘を描くハードサスペンス、出動！
み 7 17

南 英男
謀殺遊戯　警視庁極秘指令
元エリート官僚とキャバクラ嬢が乗った車が激突して二人は即死。しかし、この事故には不自然な点が。極秘捜査班が調査に乗り出すと――怒濤のサスペンス！
み 7 18

南 英男
偽装連鎖　警視庁極秘指令
元IT社長が巣鴨の路上で殺された事件で、タレントの恋人に預けていた隠し金五億円が消えていたことが判明。社長を殺し、金を奪ったのは一体誰なのか!?
み 7 19

南 英男
罠の女　警視庁極秘指令
熱血検事が少女買春の疑いをかけられ停職中に金属バットで撲殺された。極秘捜査班の剣持直樹は、検事を罠にかけた女、自称〈リカ〉の行方を探るが――!?
み 7 20

実業之日本社文庫　好評既刊

南 英男
裁き屋稼業
卑劣な手で甘い汁を吸う悪党たちに闇の裁きでリベンジせよ！　落ち目の俳優とゴーストライターのコンビは脅迫事件の調査を始めるが、思わぬ罠が……。
み 7 21

南 英男
虐殺　裁き屋稼業
内部告発者の死、そしてさらなる犠牲者が――悪辣企業の密謀を暴き出せ！　不正の真相をめぐり闇の探偵コンビが格闘する、傑作クライムサスペンス！
み 7 22

相場英雄
偽金　フェイクマネー
リストラ男とアラサー女、史上最強の大逆転劇！〈偽金〉を追いかけるふたりの陰で、現代ヤクザが暗躍――。極上エンタメ小説！（解説・田口幹人）
あ 9 1

相場英雄
復讐の血
新宿歌舞伎町で金融ヤクザが惨殺。総理事務秘書官と警視庁刑事が事件を追う。名物ママの死、金融庁審議官の失踪、幾重にも張られた罠。衝撃のラスト！
あ 9 2

相場英雄
ファンクシヨン7
新宿の雑踏で無差別テロ勃発。その裏には北朝鮮のテロリストの影が……。北朝鮮、韓国、日本を舞台に、人々の生きざまが錯綜する、社会派サスペンス！
あ 9 3

実業之日本社文庫　好評既刊

伊兼源太郎
密告はうたう　警視庁監察ファイル
警察職員の不正を取り締まる警視庁人事一課監察係の佐良は元同僚・皆口菜子の監察を命じられた。彼女とはかつて未解決事件での因縁が…。（解説・池上冬樹）
い131

伊兼源太郎
ブラックリスト　警視庁監察ファイル
容疑者は全員警察官——逃亡中の詐欺犯たちが次々と変死。警察内部からの情報漏洩はあったのか。ブラックリストが示す組織の闇とは⁉（解説・香山二三郎）
い132

今野敏
デビュー
昼はアイドル、夜は天才少女の美和子は、情報通の作曲家や凄腕スタントマンら仲間と芸能界のワルを叩きのめす。痛快アクション。（解説・関口苑生）
こ27

今野敏
殺人ライセンス
殺人請け負いオンラインゲーム「殺人ライセンス」の通りに事件が発生⁉　翻弄される捜査本部をよそに、高校生たちが事件解決に乗り出した。（解説・関口苑生）
こ28

今野敏
叛撃
空手、柔術、スタントマン……誰かを、何かを守るために闘う男たちの静かな熱情と、迫力満点のアクションが胸に迫る、傑作短編集。（解説・関口苑生）
こ29

実業之日本社文庫　好評既刊

今野 敏
襲撃
なぜ俺はなんども襲われるんだ――!? 人生を一度は放棄した男と捜査一課の刑事が、見えない敵と闘う痛快アクション・ミステリー。（解説・関口苑生）
こ2 10

今野 敏
マル暴甘糟（あまかす）
警察小説史上、最弱の刑事登場!? 夜中に起きた傷害事件は暴力団の抗争か半グレの怨恨か。弱腰刑事の活躍に笑って泣ける新シリーズ誕生！（解説・関根 亨）
こ2 11

今野 敏
男たちのワイングラス
酒の数だけ事件がある――茶道の師範である「私」が通うバーから始まる8つのミステリー。『マティーニに懺悔を』を原題に戻して刊行！（解説・関口苑生）
こ2 12

今野 敏
マル暴総監
史上〝最弱〟の刑事・甘糟が大ピンチ!? 殺人事件の捜査線上に浮かんだ男はまさかの……痛快〈マル暴〉シリーズ待望の第二弾！（解説・関口苑生）
こ2 13

今野 敏
潜入捜査　新装版
今野敏の「警察小説の原点」ともいえる熱き傑作シリーズが、実業之日本社文庫創刊10周年を記念して装いも新たに登場！ 囮捜査の行方は…。（解説・関口苑生）
こ2 14

実業之日本社文庫 み723

邪欲(じゃよく) 裁き屋稼業(さばきやかぎょう)

2022年4月15日　初版第1刷発行

著　者　南英男(みなみひでお)

発行者　岩野裕一
発行所　株式会社実業之日本社
〒107-0062　東京都港区南青山5-4-30
emergence aoyama complex 2F
電話［編集］03(6809)0473［販売］03(6809)0495
ホームページ　https://www.j-n.co.jp/
ＤＴＰ　株式会社千秋社
印刷所　大日本印刷株式会社
製本所　大日本印刷株式会社

フォーマットデザイン　鈴木正道(Suzuki Design)

ISBN978-4-408-55726-7（第二文芸）